마술사 | 겨울밤

마술사 | 겨울밤

초판 1쇄 인쇄_ 2011년 4월 10일
초판 1쇄 발행_ 2011년 4월 15일

지은이_ 이병주

엮은이_ 김윤식·김종회

펴낸곳_ 바이북스
펴낸이_ 윤옥초

책임편집_ 이현실
편집팀_ 이성현, 김주범, 도은숙, 김민경, 김태윤
책임디자인_ 이정은
디자인팀_ 방유선, 윤혜림, 이민영, 남수정, 윤지은
ISBN_ 978-89-92467-51-3 03810

등록_ 2005. 07. 12 | 제 313-2005-000148호

서울시 마포구 서교동 395-166 서교빌딩 703호
편집 02) 333-0812 | 마케팅 02) 333-9077 | 팩스 02) 333-9960
이메일 postmaster@bybooks.co.kr
홈페이지 www.bybooks.co.kr

책값은 뒤표지에 있습니다.

바이북스는 책을 사랑하는 여러분 곁에 있습니다.
독자들이 반기는 벗 - 바이북스

이병주 소설집

마술사 | 겨울밤

김윤식·김종회 엮음

바이북스
ByBooks

일러두기

1. 〈마술사〉는 1968년 《현대문학》에, 〈겨울밤〉은 1974년 《문학사상》에 실린 단편소설이다.
2. 연재 당시의 내용을 그대로 살리되, 편집상의 오류를 바로잡고 기본 맞춤법은 오늘에 맞게 수정했다.
3. 외래어는 국립국어원을 기준으로 표기하되, 인명·지명 등의 원어를 유추하기 어려운 경우 원문의 것을 그대로 실었다.

| 차례 |

마술사

팔 년 전의 일이다.

늦은 가을, 추수는 거의 끝나고 보리갈이까지의 잠깐 동안을, 한숨 돌리고 있는 것 같은 기분이 산야에 감돌고 있을 무렵이었다. 나는 지리산 산록의 S라는 소읍, 어떤 여인숙에 묵고 있었다.

선영의 묘사墓祀에 참례도 할 겸, 일 년 치 양식을 수확기에 값이 싼 원산지에서 사놓을 요량으로 그 소읍에 들렀던 참인데 철 거른 장마를 만나 꼼짝없이 일주일이나 여인숙에 갇혀 있었던 것이다.

여름철의 장마는 때때로 상쾌한 맛이 있다. 그러나 늦은 가을의 짓궂은 장마는 비 사이로 으스스 스며드는 한기까지 겹쳐 불쾌하기 짝이 없다. 처다보면 잔뜩 찌푸린 남빛의 하늘, 돌아보면 소조蕭條한 산과 들, 이곳저곳에 버섯처럼 깔린 회색 지붕의 중락來落, 단조롭기 한이 없는 산촌에 쉴 새 없이 쏟아지는 비란 우울하기만 했다.

불행 중 다행으로 그 여인숙 주인과 나와는 서로 면식이 있었던 까닭에 내겐 넓고 깨끗한 방을 제공하고 풍성하게 불을 지펴주었다. 그래 온종일 방 안은 훈훈했다. 그 훈훈한 방에서 나는 아침에도 자고 저녁에도 자고 낮엔 낮대로 낮잠을 자다가 간혹 깨어서는 하품을 하며 지냈다. 간혹 잠을 깨었을 때란 식사하는 시간이다. 할 일도 없는 터라, 식사 때마다 얼근하게 반주를 마셔놓으면 숟가락을 놓자마자 졸음이 왔다. 말하자면 먹고 자고, 자고 먹고 하는 동작을 되풀이하며 무료를 메울 수밖엔 도리가 없었다. 이 경험을 통해서 나는 사람은 한없이 게으를 수 있다는 대발견을 하게 되었다.

내가 묵고 있는 여인숙의 다른 방들도 꽉 차 있었다. 변소에 드나들면서의 짐작이 비좁은 방에 더러는 사오 명, 더러는 칠팔 명씩 비비대고 있는 모양이었다. 나는 그들을 S읍의 장터에 몰려온 행상인들이거니 했다. 장터에 있다가 나처럼 비에 갇혀 있는 처지의 사람들일 것이라고만 생각하고 어떤 사람들인가 굳이 물어볼 흥미조차 없었다. 단조로운 빗소리를 들으며 며칠이고 방 안에 갇혀서 먹고 자고, 자고 먹고 있으면 정서는 물론 호기심마저 둔마되고 만다.

그러한 어느 날 밤이었다. 나는 난데없이 들려오는 떠들썩한 소리에 잠을 깼다. 저녁밥을 먹곤 곧 잠이 든 모양이다. 밤 어느 때쯤 되었는가는 분간할 수가 없었다. 나는 성냥을 그어 램프 불을 켰다. 빗소리는 여전히 들리고 있었다. 정말 하늘에 구멍이 뚫려도 단단히 뚫린 모양이었다.

떠들썩한 소리는 바로 이웃 방에서 들려왔다. 두세 사람의 소리가 아니고 적어도 칠팔 인의 소리는 되는 성싶었다. 그 소리 가운데는 날카롭고 앙칼진 여자의 목소리도 섞여 있었다. 나는 노름을 하다가 일어난 싸움이 아닌가고 얼핏 생각했으나 계약 위반이나, 배은망덕이니, 사기니 하는 말투가 튀어 나오는 것을 보니 그렇지도 않은 것 같았다. 그리고 모두의 말들이 경상도 사투리가 아니라는 점이 이상했다.

시간이 갈수록 노성怒聲과 매성罵聲이 높아만 갔다. "죽여버려라! 개자식" 하는 소리와 함께 우르르 한곳으로 모이는 듯한 소리가 나고, 뭣을 걷어차는 소리, 발길이 빗나가 벽을 차는 소리까지 들렸다. 뺨을 치는 소리 같은 것도 들렸다. 아무래도 한 사람을 상대로 여러 사람이 덤벼들고 있는 것 같은데 공격하는 소리만 들리고 이에 대항하는 소리는 전연 들리지 않았다.

가만 듣고 있으니 노성과 매성이 일정한 기복으로써 반복된다는 것을 알았다. 한동안 와자지껄하다간 잠깐 조용해지고 그러다간 다시 와자지껄하는 것이다. 나는 언덕에 부딪히는 파도를 연상했다. 부딪힐 땐 소리를 높이고, 밀려나갈 땐 고요해지는……. 이런 생각도 순식간이었다. 한결 높은 고함 소리와 몇 개의 발이 한꺼번에 하나의 대상을 걷어차는 맹렬한 소리가 들려왔기 때문이다. 공격당하는 사람은 아마 죽었든지 실신했을지 몰랐다.

나는 황급히 밖으로 나갔다. 밖으로 나가 우선 주인을 불렀다. 이렇게 큰 싸움이 벌어지고 있는데 주인집에서 한마디 말리는 동정도 없는 것이 괘씸했던 것이다. 먹을 갈아붙인 것 같은 캄캄한 밤, 줄기찬 빗소리였다. 주인을 기다리다 못 해 나는 노크도 없이 옆방의 문을 잡아당겼다.

문을 열자 방 안에서 터져나오는 듯한 이상한 악취가 코를 쏘았다. 비좁은 방에 십여 명의 사람이 하나의 노인을 가운데 두고 꽉 둘러 서 있는 광경, 그것을 한쪽 벽에 매달려 있는 호롱불이 어슴푸레 비추고 있었다. 뒤에 생각한 것이지만 그건 《수호지》의 어떤 장면을 방불케 하는 장면이다.

그들은 불의의 난입자를 맞아 한동안 멈칫한 모양이다. 나는 그들 틈으로 방 한가운데서 넝마 뭉치처럼 쭈그리고 있는 노인을 보자 형언할 수 없는 분격에 사로잡혔다. 그 노인에 대한 동정이라기보다 며칠을 비 때문에 갇혀 있는 울분이 그 노인의 처참한 정황에 분출구를 찾은 셈이었는지도 모른다.

짤막한 사이가 지나자, 그 자리에선 대표자 격인 듯한 사나이가 말을 걸었다.

"댁은 뉘기시오."

퉁명스러운 말투였다.

나는 그 물음엔 아랑곳 없이, 밤중에 이게 무슨 짓들이냐고 쏘아붙였다.

"남의 일 참견 마슈. 보아하니 옆방에 묵고 있는 손님 같은

데 가서 잠이나 자슈."

나는 버럭 화를 냈다. 당신들이 이런 소란을 피우는데 어떻게 잠을 자느냐고 뱉었다. 노인 하나를 상대로 십여 명이 덤벼들어 이렇게 할 수 있느냐고 따졌다. 무슨 곡절인지는 몰라도 이건 분명히 린치라고 말하고, 그 노인을 내놓으라고 우겼다. 그러나,

"사정을 모르거든 간섭도 마슈."

하는 그 대표자 격인 사람의 말투는 여전히 퉁명스러웠다.

나는 집단 폭행이란, 사정을 따질 이전의 문제라고 했다. 만약 저 노인에게 잘못이 있으면 법에 의해서 따질 일이지 집단 폭행은 있을 수 없는 일이라고 우겼다.

"법 가지고 처리할 수 없는 문제도 있는 거유. 댁은 댁 일이나 보슈. 그리고 노인, 노인 하는데 저자는 노인이 아뇨."

나는 노인이건 노인이 아니건 사정은 똑같다고 했다. 그러자 문 가까이에 있던 자가 나를 밀어제치고 문을 닫으려고 했다. 나는 그 노인을 이리 못 내놓겠느냐고 고함을 지르며 문을 못 닫게 했다. 이때 여인숙 주인이 나타났다.

"밤중에 왜 이러시오. 가서 주무시지 않고."

이렇게 말하는 여인숙 주인에게 나는 화를 냈다. 사람 수십 명이 모여 사람 하나를 죽이려고 드는데 주인은 그걸 말릴 생각도 없이 내버려두겠느냐고 따졌다.

"우리와 전연 딴판의 사람들이오, 이 사람들은. 그들끼리 무슨 일이 있는가 봅니다. 사전에 내게 얘길 하드면요."

나는 어이가 없었다. 그래 사람 하나 죽여 없애야겠다고 사전에 연락을 하더냐고 윽박질렀다.

"아아니, 단체 행동을 해야 하는데, 그 사람 때문에 오늘 상당한 낭패를 당한 모양이오. 그 때문에 오늘 밤 좀 따져야겠으니 시끄러워도 좀 참아달라는 말이 있었지요."

나는 약간 위협을 해야겠다고 생각했다. 그리고 주인을 공범으로 몰아세웠다. 저 사람이 죽든지, 심한 상처를 입든지 하면 주인도 공범으로서 벌을 받아야 한다고 찔러놓고 만약 그런 화를 당하기 싫거든 빨리 경찰서에 연락하라고 다그쳤다. 이런 충고를 했는데도 경찰서에 연락하지 않으면 당신이 공범이란 사실에 대해서 내가 증인으로 나서주겠다고까지 했다.

공범이 된다는 말에 주인도 사태가 만만찮다는 것을 안 모양이었다. 주인이 몸을 돌려 밖으로 나가려고 하자, 방 안에서 그 대표자 격인 사나이가 벌떡 일어섰다.

"경찰에까지 가실 필요는 없습니다. 우린 저자를 죽이진 않았으니까."

그리고 나더러는 이렇게 말했다.

"선생님, 우리 사정을 좀 들으시유. 들으시고 판단을 하슈."

나는 사정을 듣겠으니까 공격 대상이 된 그 사람을 데리고 누구든 한 사람만 내 방으로 오라고 고집을 부렸다. 그들도 도리가 없다고 생각한 눈치였다. 대표자 격인 사나이가 그 사람을 부축해 일으켜 세워 내 방으로 왔다. 나는 주인도 같이 앉으라고 했다. 그러자 눈이 위로 치째어진 간벽이 있어 보이는 중

년 여인이 슬랙스 차림으로 따라 들어왔다. 대표자 격인 사나이는 그 여자를 자기 마누라라고 했다.

나는 공격의 대상이 된 사람을 유심히 보았다. 고통스러울 테니 누워 있으라고 해도 그는 응하지 않고 비스듬히 벽에 기대 눈을 감은 채 앉았다. 왼편 눈에 검은 안대를 하고 있었다. 아까 호롱불 밑에서 얼핏 보았을 땐 70 가까운 노인이 아닌가 했는데 램프 불 밑에서 가까이 보니 아직 50에는 먼 40대의 사나이같이 보였다. 약간 대머리가 까진, 준수한 콧날과 야무진 입 모습을 가진, 그러나 선량한 인상이었다. 게다가 턱에서 귀로 이어진 선엔 고상한 기품 같은 것이 느껴졌다. 초라한 옷차림, 아까 받은 봉변의 흔적이 역력했음에도 어딘지 모르게 상스럽지 않은 느낌이 그냥 남아 있다는 건 심상한 인물이 아니다. 나는 그를 보면서 초췌한 기품, 지쳐버린 기품 같은 것을 생각하고 있었다.

대표자 격인 사나이도 그와는 동년배쯤 되어 보였다. 산전수전을 겪은 듯한 다구진 정력 같은 것이 느껴지는 사나이였다.

좌정을 하니 아까의 흥분이 거짓말 같았다. 나는 주인더러 술상을 차려오라고 일렀다. 대표자 격인 사나이는 어디서부터 말을 시작해야 좋을지 망설이는 눈치로 천장을 보다가 고개를 아래로 숙였다 들었다 하고 있었다.

술상이 들어왔다. 주인이 주전자를 들려고 하니까 그 사나이는, 사촌 누이가 따라도 술은 여자가 따라야 맛이 난다면서 주전자를 자기 마누라에게 넘겼다. 그런 동작으로 해서 자리의 분위기는 훨씬 부드러워졌다. 술을 한 모금 마시고 나서 대표자 격인 사나이가 입을 열었다.

"우린 곡마단 일행입니다. 불초 제가 단장이구요."

그리고 다음과 같이 말을 이었다.

"6·25 동란 전엔 상당히 큰 곡마단이었지요. 말이 아홉 필이나 있었구. 사변 통에 이 꼬락서니가 됐습니다. 육십 명이 넘던 단원이 열일곱으로 줄고 말도 없어지구. 말 없는 곡마단이 얼마나 쓸쓸한 건지 선생님은 모르실 것입니다. 김빠진 맥주는 비유도 안 되지요."

언제나 손님 상대를 해온 탓인지, 단장의 말은 유창했다.

"이런 꼴이니 큰 도시는 돌지 못하고 소도시를 돌고 있지요. 소도시를 돌며 돈을 벌어가지고 단을 재건할 계획인데 어디 그것이 쉬운 일입니까. 그러나 돌고 있는 동안에 흩어진 동지도 만날 수 있을 게구, 어쩌다 말도 두어 필이나마 살 수 있을 게구. 그게 희망이지요. 말 없는 곡마단을 누가 먹여줍니까. 기껏 그네 타기, 줄타기, 속임수, 이런 걸 보러 손님이 옵니까."

단장은 단숨에 글라스를 비우고 그 잔을 나에게 권했다. 그러면서 참 오래간만의 술이라고 했다.

"저 사람……." 하면서 단장은 안대를 낀 사나이를 가리켰다.

"저 사람을 만난 것이 열흘 됩니다. 이곳에 오기 전 우리는 K읍에서 흥행하고 있었지요. K읍이란 여기서 80리쯤 떨어진 곳에 있지요. 흥행 마지막 날인데 저 사람이 나를 찾드구먼요. 이름을 송인규라 하고 마술사라고 하면서. 얼마나 반가웠는지 선생님은 상상도 못 하실 겁니다. 말 없는 곡마단, 술사 없는 곡마단에 마술사가 나타났으니 우리는 지옥에서 부처님을 만난 기분이었지요."

이때 나는 마술사라는 사람에게 술잔을 권했더니 그는 그 잔을 거절하면서 냉수 한 그릇 주었으면 하고 신음했다. 단장의 말 한 마디 한 마디가 비수처럼 그의 가슴에 찔리는 모양이었다.

"난 마누라허구 부둥켜안고 눈물까지 흘렸지요. 마술사하고도, 인도 마술사라고 들었을 때 이제야 우리에게 운이 돌아왔다고 좋아했습니다."

"제 남편의 감격심은 별나요."

곁에서 단장의 마누라가 한마디 거들었다.

"우선 기술을 한번 보자고 했지요. 그래 그 기술, 아니 마술을 보았지요. 정말 신기하드구면요. 계약을 하기 전에 공개할 수 없다기에 나와 내 마누라 둘이서만 봤는데 정말 미칠 지경이었습니다. 곡마단 생활 삼십 년에 그런 신기한 기술은 처음 봤으니까요. 그래 그의 요구 조건을 물었지요. 선금을 20만 환 내라고 합디다. 그리고 매달 월급을 5만 환으로 하구, 가진 것이 있다만야 20만 환만 내겠어요? 2백만 환이라도 냈을 겁니다. 그러나 우리 처지에 20만 환이란 목돈이 어디에 있겠습니까. K읍에서의 흥행은 근래에 없는 대성공이었습니다만 밥값이다 잡비다 제외하고 나니까 겨우 3만 환 남짓한 돈밖에 남지 않았을 정도였으니까요. 사정이 이와 같으니 우선 2만 환만 받고 앞으론 월급 외에, 수입의 반을 나눠 20만 환을 채워드릴 테니 같이 일하자구 빌듯이 했습니다."

여기서 단장은 일단 말을 끊었다. 억제하고 있던 흥분이 되살아나는 모양이었다.

"말을 들어주어야죠. 도리가 없어 팔 수 있는 물건은 죄다 팔기로 했지요. 마누라의 단벌 나들이옷, 내 시계는 물론 단원 중에 시계를 가진 사람은 모조리 그 시계를 공출케 하고. 그래 이럭저럭 맞추어보았더니 15만 환이 됩디다. 그걸 가지고 사정사정했더니 겨우 승낙을 했어요. 저 양반이 말입니다."

단장의 말에 거짓이 없다는 것은 송인규란 자의 태도를 보아서도 알 수가 있었다. 눈을 감은 채 고통스러운 표정으로 꼼짝도 하지 않았다.

"K읍에서 곧바로 이곳으로 왔지요. 이리로 올 때 트럭에선 운전사 옆자리에 태우고 잠자리도 가장 좋은 곳으로 골라주고, 극진한 대접을 했습니다. 이곳에 오자마자 비가 왔지요. 가설극장의 말뚝도 치지 못한 채 꼬박 일주일을 이 모양으로 있는 형편입니다. 이러다간 여관비도 벌 수 없게 되겠어요. 연구한 끝에 그동안 밥값이라도 벌기 위해서 이곳 국민학교 교장 선생님과 지서장에게 애걸을 했습니다. 유지, 학부형들과 아동을 모시고 마술을 보여드리겠다구요. 처음에는 거절했습니다. 그랬는데 인도 마술 이야기를 하니까 그건 교육상 유익하겠다고 허가가 내렸어요."

단장은 이렇게 말하면서 눈물을 흘리기 시작했다. 그러자 단장의 마누라가 말을 이었다.

"다음은 제가 얘기하지요. 학교와 지서와 교섭이 다 되고 돈도 얼만가 받는다는 약속까지 했는데 글쎄, 저 양반이 말을 듣지 않았습니다. 5만 환을 마저 주지 않으면 손끝 하나 까딱할 수 없다지 않아요? 글쎄, 그게 될 말이에요? 돈 한 푼 없는 우리의 사정을 알면서, 다만 얼마라도 밥값을 치르지 않으면 오늘부터는 여관에서 밥을 줄 수 없다고 말한 사정을 알면서, 딱 거절하지 않아요? 세상에 그런 얌체가 어디 있단 말입니까. 자기도 이런 사회에서 살아왔다면 무보수로라도 우선 돌봐주고 봐야 하지 않겠어요? 우리들이 가지고 있는 물건을 죄다 팔아 모은 돈을 가졌으면 아무리 싫더라도 수고 좀 해주면 어때요?"

단장이 입을 열었다.

"뿐만 아니라 혼이 났쇠다. 지서장이 뭐라고 말씀하신 줄 아십니까? 인도 마술이란 엉터리 거짓말을 해가지고 자기와 교장을 농락했다는 거예요. 그러곤 바로 저를 사기꾼 취급을 했습니다. 아동들과 학부형을 모아놓고 도리가 있어야죠. 그냥 시작을 했지요. 나는 교실의 창문에 붙어서서 여관 쪽을 바라봤습니다. 저 마술사가 나타나지 않을까 하고. 할 짓은 다했는데도 저자는 나타나지 않드군요. 나는 아동들 앞에 꿇어 앉아 통곡하고 싶었어요. 교장 선생님은 그래도 5천 환의 돈을 싸줍디다만 난 굶어죽어도 그 돈을 받을 수가 없었어요. 인도 마술을 한다고 해놓고 하지도 않았으니 그 돈을 어떻게 받아요. 단원들도 흥분했지요. 당장 저자를 때려죽여야 한다는 겁니다. 그놈 하나 때려죽이고 모두들 감옥살이를 하자는 겁니다. 비를 맞고 학교에서 돌아오며 모두들 울었지요. 돌아와보니 저자는 벽에 기댄 채 장승처럼 눈을 감고 앉아 있었습니다. 내 마누라는 퉁퉁 부은 눈으로 울고 있고 간청을 하다가 하다가 너무나 억울해서 운다지 않아요? 세상에 이런 일이 있을 수 있어요? 그래 당신의 마술이고 뭐고 다 귀찮으니 돈을 도로 내놓으라고 했지요. 그처럼 몰인정한 자의 마술을 사가지고 잘 된들 얼마나 잘 되겠느냐는 거지요. 그랬더니 저자는 그 돈을 받은 즉시 고향에 있는 사촌에게 보냈다면서 우편국의 영수증을 내놓지 않겠어요? 그래 마지막 희망까지 없어져버린 겁니다. 그 돈이나 받아가지고 밥값이나 치르고 비가 개면 딴 곳으로 옮기려던 참인데 이 꼴이란 말입니다. 발길로 찼기로서니 안 될 짓을 한 것입니까. 뺨을 때렸기로서니 못 할 짓을 한 겁니까?"

단장 내외의 흥분을 참으라고 해놓고 나는 송인규더러 이때까지의 이야기가 참말이냐고 물었다.

송인규는 힘없이 고개를 끄덕였다. 나는 혼잣말처럼 사람이 그처럼 매정스러울 수가 있느냐고 중얼거렸더니 송인규는 자기도 터질 것 같다고 들릴 듯 말 듯 신음하듯 말했다. 그래,

"미안하게 생각한단 말이지요?"

했더니,

"미안하다 뿐입니까. 내가 나쁜 놈이지요. 내가 죽일 놈이지요."

"진작 그렇게 생각했더라면 될걸."

"단장보구 돈 20만 환을 달라고 할 때나, 학교에서 마술을 하라고 할 때나 나는 속으로 울고 있었습니다."

"속으로 울면서 왜 거절했지?"

단장이 소리를 높였다.

"이유가 있었겠지요."

"이유?"

단장의 얼굴에 조소가 번졌다.

"그럼 그 이유를 단장에게 말씀하시질 않구."

내가 이렇게 말하자,

"정말 말 못 할 이유가 있습니다. 그 이유를 어떻게 말합니까. 그 이유를 말하느니보다 차라리 죽는 편이 낫지요."

하면서 송인규는 울먹였다.

"말 못 할 이유가 어디에 있단 말야. 동정을 받기 위한 어리석은 수작은 작작해!"

단장의 주먹이 와들와들 떨렸다.

"말 못 할 이유도 있는 겁니다."

나는 자리를 수습하기 위해 얼른 이렇게 말하고 단장에게 물었다.

"당신은 분명히 이 사람의 마술을 보았습니까?"

"보구 말구요. 보았길래 15만 환이나 준 게 아닙니까."

"마술은 훌륭해요. 오늘 그걸 하기만 했더라면 우리 모두의 입장이 살았을 거예요."

단장의 마누라도 이렇게 거들었다.

나는 송인규란 마술가의 감정을 유발할 양으로 중얼거렸다.

"그처럼 훌륭한 마술사이면서 그러한 청을 거절해야 할 이유란 뭣일까?"

"그러니까 나는 죽어야 합니다. 맞아 죽어야 합니다."

"네가 죽는다고 문제가 해결될 줄 알아? 어디까지라도 끌고 다니면서 골탕을 먹여야겠어."

단장의 격한 소리를 들으면서 나는 송인규를 응시하고 있었다. 내겐 깊은 비극을 간직한 사람으로 보였다.

나는 생각했다. 뜻하지 않게 이 소용돌이에 휩싸여 들어 이대로 끝장을 낼 수는 없다고.

나는 단장더러 이렇게 물었다.

"15만 환만 드리면 송 선생을 놔주시겠어요?"

단장은 단번에 내 말을 못 알아듣는 것 같았다.

"여러분도 딱하고 이 송 선생도 딱하니 내가 도와드리겠단 말입니다."

이렇게 말하자 단장은,

"그러나 선생께서 그렇게 하실 아무런 이유도 없지 않습니까."

하고 고개를 숙였다.

"죽는 한이 있더라도 말할 수 없는 이유란 것도 있고, 그렇게 할 아무런 이유도 없는데 꼭 그렇게 하여야 할 일도 있고, 그게 인생이 아니겠습니까."

단장은 묵묵히 앉아 있었다.

나는 가방에서 돈을 꺼내 15만 환쯤 될 수 있을 것 같은 돈 묶음을 단장 앞에 놓았다. 그리고 이렇게 말했다.

"말 없는 곡마단을 말이 있는 곡마단으로 만드시오. 그런데 단장, 단원들을 이리로 오라고 하시오. 우리 이 밤을 흥겹게 지냅시다."

취한 김에 한 말이 내 일생을 두고 잊지 못할 향연이 되었다.

나는 막걸리, 소주 할 것 없이 있는 대로 가지고 오라고 주인더러 일렀다.

산촌, 심야, 쏟아지는 비. 고함을 질러도 좋았다. 노래를 불러도 좋았다.

곡마단 일행은 앉아서 할 수 있는 기술은 죄다 부렸다. 피에로 역의 노인은 눈물을 글썽이면서 중얼거렸다.

"사람은 오래 살고 볼 기여. 오래 살고 볼 기여."

그들 인생의 곡절이 사무친 얘기와 노래와 술에 취해 밤 가는 줄 몰랐는데 어느덧 창이 밝았다. 누군가 소리를 쳤다.

"비가 멎었다!"

모두들 환성을 올렸다. 거짓말같이 맑게 갠 가을의 아침 하늘이었다. 비는 멎었지만 당장에 길은 트이지 않는다고 해서 우리는 하루를 더 그곳에 묵고 다음날 헤어졌다.

나는 지금도 그 산촌에서의 향연을 가끔 회상할 때가 있다. 그러나 그 곡마단이 그 뒤 어떻게 되었는진 알 수가 없다. 간혹 곡마단의 천막을 볼 때마다 그 곡마단 생각을 해보는 것이지만 그 후 아직 '해동海東 서커스'란 깃발을 본 적 없다.

송인규는 기막힌 기억력의 소유자이며, 화술도 능했다. 다음은 마술사 송인규의 이야기다.

송인규가 충청남도의 어느 상업 학교를 졸업한 것은 1941년이었다. 그해에 송은 지원병으로 나갔다. 말이 지원병이지 강박당한 것이다. 가난한 집의 오형제 가운데 넷째 아들로 태어난 그는 형들 덕분에 겨우 상업 학교를 다닐 수 있었다. 졸업하고 취직처를 찾고 있던 중이라 지원병으로 가는 것이 어떠냐는 일경의 공갈조 권유를 물리칠 수 없는 궁지에 몰렸다.

지원병 훈련소를 나와 나남羅南에 있는 20사단에 입영한 것이 1942년 2월. 거기서 초년병 훈련을 끝내자, 송인규가 소속해 있던 공병 대대는 남방으로 전출하게 되었다.

중등학교를 나왔으니 간부 후보생이 될 법도 했으나 그저 유순하기만 하고 요령이 모자란 그는 일등병의 계급장을 단채 남방행 수송선에 탔다. 당시 일본군은 전년에 필리핀을 점령하고 타이를 석권했고, 그 여세로 미얀마까지 수중에 넣고 있었다.

송인규가 속한 부대를 태운 수송선이 믈라카 해협을 지나 안다만 제도를 좌편으로 보며 북상해서 양곤에 이르렀을 때는 양곤의 거리마다 집마다에 일장기가 휘날리고 있었다.

양곤은 겉으로 화려하고 뒤론 지저분한 도시였다. 호사와 빈곤이 기묘하게 교차된 불결한 거리였으나 그 거리가 풍기는 이국 정서는 긴 항해 생활에서 느낀 피로를 풀어주는 듯했다. 그러나 졸병에겐 휴식이 없다. 배에서 실어내린 장비를 다시 열차에 실어야 했다.

양곤에 머물기를 이틀, 송인규는 방향도 모르는 채 북쪽으로 향하는 열차를 탔다. 열차 창 너머로 보이는 이라와디 강의 수량은 풍부했다. 연변의 정글도 눈에 신비스러웠고 일대로 퍼진 곡창 지대의 수전이 협착한 고국의 들만 보고 자란 송인규에게는 시원스러웠다. 이라와디 강 위로 오르내리는 배와 그 위를 날아다니는 새들의 한가한 모습을 볼 때 전쟁과는 먼 평화로운 땅에 우악스러운 무장을 하고 들어온 자신들에게 일종의 위화감을 느끼기조차 했다.

송인규의 부대는 만달레이에서 내렸다. 거기가 당분간 부대의 주둔지가 되는 모양이었다. 아라칸 산맥을 넘어 임팔로 진군할 것이라느니, 이미 했느니 하는 풍문이 돌았지만 송인규는 긴 여행에 지쳐 아무것에도 흥미가 없었다.

그러나 만달레이에 머무르게 되자, 송인규는 그 지방의 풍경에 놀랐다. 만달레이는 중부 미얀마에 자리잡은 옛날의 왕성이다. 이라와디 강을 옆으로 끼고 조금 높다란 구릉 지대에 자리잡은 이 도시는 앞날을 바라보는 희망보다 지난날에의 회상 속에 숨 쉬고 있는 도시였다.

만달레이는 1857년 미얀마 최후의 왕조 알라웅파야 왕이 도읍을 정한 곳이며(만달레이는 알라웅파야 왕조 민돈 왕에 의해 도읍을 천도하며 건설되었으나 여기에는 알라웅파야 왕이라고 표현되

었다. —편집자 주) 1886년 영국과의 싸움에 알라웅파야 왕조가
패망해서 미얀마가 인도의 한 주가 되자 폐도가 되었다.

아름다운 만달레이의 풍경이었으나 송인규의 병정 생활은
고되고, 힘든 노역의 연속이었다. 매일처럼 공습에 대비하기
위해 방공호를 파야 했고, 영미군이 혹시 미얀마에 들어오지
나 않을까 해서 진지 구축에 바빴다.

그럭저럭 그해는 보내고 1943년이 닥쳐왔다. 임팔에서의 실
패와 태평양 전역의 지지부진한 전세로 해서 미얀마의 일본군
을 둘러싼 공기는 어수선했다. 처음엔 일본군에게 환영의 빛
을 보이던 주민들의 표정에도 이상한 감정이 나타났다. 8월이
었다. 일본군의 승인을 얻어 미얀마의 독립 선언을 하는 날이
다가왔다. 만달레이에서도 축하 식전이 있었다.

만달레이의 축하식장에서 일본군으로서는 뜻하지 않은 사
건이 발생했다. 식이 바야흐로 진행 중인데 연단 밑에서 폭탄
이 터졌다. 누군가가 시한폭탄을 장치한 것이다. 이 시한폭탄
의 폭발을 신호로 미얀마군의 일부가 봉기했다. 식장은 수라
장이 되었다. 봉기한 미얀마군은 일본군이 무장까지 시켜 자
기들의 동맹군으로서 양성한 군대였다.

비상소집을 받고 송인규가 속한 부대원들이 식장에 도착했
을 때는 폭동은 이미 진압된 후이고 광장에는 수없이 많은 시
체가 구르고 있었다. 곧 폭동자들을 적발하는 작전이 시작되
었다. 그날 체포된 사람만 해도 수백 명 이상이었다. 체포된 이

폭도들은 만달레이에 주둔하고 있는 일본군 각 부대에 할당 수용되었다. 송인규의 부대에는 가장 중요한 주동자라고 할 만한 폭도 일곱 명이 배당되어 왔다. 위병소에 잇달아 지은 영창은 너무나 협소하고 도로에 가깝다고 해서 이때까진 창고로 쓰던 곳을 개조하고 거기다 철문을 달아 폭도 일곱 명을 수용, 감금하기로 했다.

당시 부대에선 대부분의 병력이 진지를 구축하기 위해 밖으로 나가 있었고 대내隊內에 머물러 있는 병력은 얼마 되지 않았다. 그 얼마 되지 않은 병력 가운데서 여섯 명의 특별 영창 감시병을 뽑았다. 그중의 한사람으로 송인규도 뽑혔다. 송인규의 일본 병영에서의 이름은 마쓰야마 일등병이다.

송인규 등 여섯 명의 감시병은 다음과 같은 엄격한 수칙을 받았다.

1. 어떠한 일이 있어도 수감자와 이야기하지 말 것.
2. 소정의 음식물 외는 일절 들여놓지 말 것.
3. 감방에 가까이 가지 말고 적어도 2미터 이상 떨어진 곳에서 감시할 것.
4. 기타는 일반 보초 수칙, 영창 감시 수칙과 같음.
5. 이상을 어겼을 때는 이적 행위 죄를 적용하여 일본 육군 형법이 정한 가장 중한 벌을 적용한다.

이 수칙 외의 주의 사항으로선, 일곱 명 가운데는 한 명의 인도인이 있다. 그 인도인은 이름 높은 마술사다. 조금만 방심하다간 그 마술에 걸려 어떤 사태가 발생할지 모르니 각별히 조심하라는 것이 있었다.

송인규는 그 인도인 마술사에게 특별한 관심을 가졌다. 여섯 미얀마인은 모두 키가 작았다. 코도 납작하고 안색도 좋지 않았다. 이들에 비할 때 그 크란파니라고 하는 인도인 마술사는 키가 미얀마인보다 목에서부터 위는 더 있는 것 같았고, 코도 덩실 높았다. 움푹 팬 눈엔 지혜의 빛이 있었다. 거무스레한 얼굴을 둘러싼 구레나룻과 턱수염이 그 얼굴에 위엄을 주고 있었다.

감시당하는 사람보다 감시하는 사람이 더 고통스러울 때가 있다. 송인규는 수칙대로 그들을 감시하는 데 질렸다. 그들이 떠들거나 뭐라고 호소라도 하면 단조로움이 덜하겠지만 이들은 하루가 가고 이틀이 가고 사흘이 가도 숨소리 하나 크게 내지 않았다.

참선하는 모양 그대로 단정하게 앉아 있는, 흡사 불상과 같은 그들을 보고 있으니 어마어마하게 내건 수칙이란 것이 오히려 유머러스하고 총에다 칼까지 꽂고 버티고 서 있는 스스로의 모양이 가소로울 때가 있었다.

일주일쯤 지나서였다. 송인규는 담배에 불을 붙여가지고 철창 가까이 가서,

"세이레이 카운데?"

하고 말을 걸어보았다. 담배 어떠냐고 물어본 것이다.

감방에서 소곤거리는 소리가 나더니 그중에서 가장 젊은 미얀마인이 손을 내밀어 그 담배를 받았다.

"체스틴바데."

고맙다는 미얀마의 말이다.

이것이 동기가 되어 송인규는 미얀마인들과 미얀마의 낱말, 또는 영어의 낱말을 주고받을 수 있게까지 되었다. 그리고 순찰 장교가 돌아간 틈을 타서 담배를 넣어주고 찻물도 달라는 대로 넣어주고 했다.

그런데 어느 날 송인규는 감방에 물을 넣어주다가 순찰 장교에게 들켰다.

이제 막 돌아보고 간 순찰 장교가 돌연히 다시 돌아온 것이다. 그 순찰 장교도 한국인이었다. 일본 육사를 나온 육군 중위였다. 순찰 장교는 당황하고 있는 송인규를 불러세우곤 허리에 차고 있던 칼을 칼집째 풀어 쥐고 송인규의 어깨를 내리쳤다.

"이 고약한 놈 같으니, 당장 헌병대에 넘겨야겠다. 네가 지금 물을 주고 있는 놈들이 어떤 놈들인 줄 알지. 대일본 제국에 항거한 놈들이야. 곧 총살해버릴 놈들이란 말이다. 자식! 너도 그 패거리와 똑같은 놈이로구나. 너도 함께 총살을 해버릴 테다. 적전에서의 이적 행위는 사형인 줄 알지?"

그리고 다시 칼집째 송인규의 가슴패기를 찌르며,

"진정한 일본 군인이 되려면 조선 사람은 내지인 이상으로 분발해야 한단 말야. 하여간 별명이 있을 때까지 근무하고 있어."

감방에 있는 사람들은 송인규에게 미안해했다. 그러나 송인규는 순찰 장교에 대한 반발로써도 범칙적 친절을 계속했다.

그날 밤 송인규는 인사계 준위에게 불려 갔다.

"너 오늘 순찰 장교에게 들켰지. 감시병의 생명은 수칙을 지키는 데 있어. 당장에라도 영창에 집어넣으라는 것을 내가 간원해서 용서하도록 했다. 네 몸이 약해서 비교적 수월한 근무를 시킬 셈으로 거길 보냈는데, 앞으로 다신 그런 일이 없도록 해."

그 이튿날 근무하러 나갔더니 교대병이 사라지고 동료가 변소엘 간 틈에 인도인 마술사가 송인규를 불렀다.

"마쓰야마 상!"

유창한 일본 말로 부르는 데 인규는 놀랐다.

"당신에게 꼭 가르쳐줄 것이 있습니다. 어제 당신에게 봉변을 준 장교가 아까 당신과 교대한 병정을 보고 말했습니다. 당신은 코리아인이지요?"

"그렇습니다."

"그 사람, 코리아인은 신용이 안 되니 당신을 경계하라고 합디다."

송인규는 그 인도인이 자기와 순찰 장교(히로카와 중위)를 이간시키려고 이런 말을 하는 것이 아닌가 생각했다. 그래 "설마 그럴 리가" 하고 얼버무렸다.

"정말 그런 말 했습니다."

"그 장교도 코리아인인데 어찌 코리아인이 코리아인을 신용 못 한다고 했을까 해서요."

송인규가 이렇게 말하자 인도인은 놀란 시늉을 했다.

"그 사람이 코리아인이오? 놀랐습니다. 정말 놀랐습니다. 그런데 그런 말을 할 수 있습니까?"

일본 군인이 되려면 조선인은 내지인보다 분발해야 한다는 말은 일본의 육군 사관 학교를 나온 히로카와 중위의 입장으로선 능히 할 수 있는 말이라고 생각하고 송인규는 순수하게 소화할 수가 있었다. 그렇지만 아까 인도인이 전한 말 같은 것을 동료인 일본인에게 말했다는 덴 아무리 생각해도 납득이 가질 않았다.

'자기가 조선 사람이란 걸 일본인 병정들이 모른다고 생각하고 있는 걸까? 그 말을 듣고 일본인 동료는 어떻게 생각했을까.'

하여간 불유쾌한 일이었다.

"코리아인으로서 일본의 장교가 되자면 어떻게 합니까?"

인도인이 이렇게 물어왔다.

"간부 후보생이 되거나 일본 사관 학교를 나와야 합니다."

"코리아인으로서 일본의 사관이 된 사람은 모두 그 사관과 같은 사고방식을 가진 사람들입니까?"

"글쎄요."

"당신들 코리아인은 민족 사상, 조국 독립사상을 가지고 있지 않습니까?"

"가지고 있는 사람도 있지요."

"마쓰야마 상, 민족 사상 가지고 있습니까?"

송인규는 망설였다. 과연 자기가 민족 사상을 가지고 있는 건지. 지금 자기가 가지고 있는 정도의 민족의식을 사상이라고 할 수 있는 건지 몰랐다.

그래,

"갖도록 노력을 하고 있습니다."

하고 간신히 답했다.

"우리 인도 사람, 영국의 지배받은 지 백 년이 넘었습니다. 그래도 민족 사상 들끓고 있습니다. 코리아, 일본보다 역사가 깊은 나라입니다. 내 잘 압니다. 그런데도 저런 장교를 용납한단 말입니까. 우리 인도 사람 가운데도 영국의 지휘받는 군인, 관리 있습니다. 그러나 그 사람들 독립 운동하는 사람들에겐 머리 안 올라갑니다. 더더구나 인도 사람 신용 못 한다는 따위 말 안 합니다. 그리고 못 합니다. 저런 자 민족의 적입니다. 머지않아 일본 망하면 저런 자 철저하게 처벌해야 합니다. 민족 문제에 발언권 주어서는 안 됩니다. 그런 사람을 철저한 용병 근성의 소유자라고 합니다. 용병은 개나 짐승이나 다름없습니다. 마쓰야마 상도 정신 바짝 차려야 합니다. 마쓰야마 상 인간성 훌륭해서 내 이런 말 합니다."

동료가 돌아오는 발자국 소리가 들리자, 인도인은 제자리로 돌아갔다. 인규는 뭐가 뭔지 모르나 커다란 충격을 받았다.

그들이 수감된 지 이 주일이 넘어서였다. 헌병대에서 인도인을 데리러 왔다. 부대 본부에 가서 취조를 했다. 우연히 송인규가 입회 감시의 명령을 받았다.

인도인을 앞에 앉히고 헌병은 대뜸 물었다.

"일본 말을 잘한다지?"

"……."

"여기 당신에게 관한 정보가 있어. 직업 마술사. 미얀마 거주. 인도 독립비밀결사회원. 외국어는 20개 국어에 능하고. 그 중에 일본어도 끼어 있어."

"……."

"그럼 이 정보가 틀렸단 말인가?"

거대한 체구의, 심각한 표정을 한 인도인에 비해 심문하는 헌병의 꼴은 족제비를 연상시켰다.

"그러면 영어로 하지."

통역이 헌병 곁에 앉았다.

당시의 문답을 간추리면 대강 다음과 같다.

"이름은?"

"크란파니."

"국적은?"

"인도."

"인도 어디?"

"캘커타."

"카스트는?"

"하리잔."

"가족은?"

"마누라 하나."

"지금 어디 살고 있지?"

"떠돌아다니는 신세니 모른다."

"지난번 사건을 누구누구와 모의했지?"

"모의한 일 없다."

"지령을 누구한테서 받았지?"

"모의한 일 없다."

"지령을 누구한테서 받았지?"

"지령받은 일 없다."

"영국 정보 기관에서 지령이 내려왔지? 바른대로 말해."

"영국은 나와 적대되는 나라다. 적에게서 지령을 받나?"

"그럼 간디의 지령을 받았나?"

"마하트마 간디가 그런 지령을 내릴 리가 없지 않느냐?"

"간디는 영국의 전쟁 목적을 위해서는 지금 협력하고 있지 않은가."

"마하트마 간디는 오직 인류의 행복과 인도의 독립을 바라고 있을 뿐이다."

"영국과 협력하는 것이 인도 독립에 도움이 되는가?"

"일본과 협력하는 것보다는 나을 것이다. 그러나 간디는 협력하지 않는다."

"여하간 당신은 영국의 지령을 받고 시한폭탄을 장치한 거지."

"그런 일은 없다. 다만 그 소식을 들었을 때 내가 그 시한폭탄을 장치하지 않은 것을 후회하고 그것을 장치한 사람을 부러워했다."

"미얀마 독립에 샘이 난 건가?"

"난 진정한 미얀마의 독립을 원한다. 그러나 일본인이 하는 짓은 사기다. 엉터리다. 미얀마인을 모욕하는 행위다."

"건방진 소리 하지 마라. 미얀마의 지도자와 민중들은 열광적으로 환영하고 있다."

"만약 지도자들과 민중들이 환영하고 있다면 그건 속고 있기 때문이다. 나는 미얀마의 지도자들은 다른 방법으로 생각하고 있을 줄 믿는다. 그러나저러나 지도자들과 민중을 각성시키기 위한 뜻으로도 그런 행동은 필요했다고 본다."

"잘 지껄이는군. 그럼 앞으로도 그런 행동을 하겠단 말이지."

"기회가 있으면 하겠다."

"제대로 자백했구나. 하지만 앞으론 그 따위 짓을 할 기회가 없을 거니 안심하게."

이때 헌병은 곁에서 필기하고 있는 사람에게 뭐라고 귓속말을 해놓고 다시 심문을 계속했다.

"너는 인도와 미얀마의 독립을 원하지 않는 영국의 주구走狗다."

"천만의 말씀이다."

"지난번 사건은 영국의 정보기관이 조종한 사건이란 건 이미 판명되었어. 그 사건에 네가 관련되었으니까 너는 그 주구란 말야."

"절대로 그런 일은 없다."

"당신이 부정한다고 해서 우리 손아귀를 빠져나갈 것 같아?"

"빠져나갈 순 없다고 생각한다. 그러니까 더욱 거짓이 없다."

"그럴 바엔 영웅이 되어보는 것이 어때. 네가 했다고만 하면 영웅이 될 게 아냐? 이왕 총살을 당할 바에야 영웅으로서 죽는 것이 좋지 않아?"

"영웅 아닌 자가 영웅으로서 죽을 순 없다. 그러나 내가 한 짓이라고 내가 승인하면 붙들린 미얀마인 모두를 풀어줄 수 있는가?"

"그런 건 이 자리에서 대답할 수 없다."

"그렇다면 나는 본래의 주장을 굽힐 수 없다."

헌병은 서류를 챙겨 일어서면서 말했다.

"어차피 당신은 죽는다. 곧 군사 재판이 있을 것이니 그때까지 잘 생각해두라."

이상하게도 미얀마인들은 한 번도 불려나가지 않았다. 그런데 그 인도인만은 그 뒤로부턴 매일 밤 불려나가서 돌아올 땐 실신 상태가 되어 있었다. 심한 고문을 당하고 있음이 틀림없었다.

송인규가 보고 들은 바에 의하면 인도인은 이번 사건과는 전연 관련이 없는 것 같았다. 그런데도 일본 헌병 당국은 영국인의 지령을 받은 인도인의 소행으로서 그 사건을 꾸며나갈 계획인 것 같았다.

며칠 후 군사 재판이 열렸다.

군사 재판정은 부대 내에 있는 장교 식당이었다. 송인규를 포함한 감시병 여섯 명은 인도인과 미얀마인을 한 줄에 묶어 재판정으로 들어갔다. 거기는 이미 다른 곳에서 데리고 온 듯한 두 명의 인도인과 수갑을 채우지 않은 수 명의 미얀마인들이 와 있었다.

정면 중앙에 재판장이 앉고 피고석을 향해 오른편에 경찰관, 왼편에 배석 법무 장교가 앉았다. 그밖엔 두 명의 서기가 있을 뿐 변호인 같은 것은 보이지도 않았다.

재판은 미얀마인의 심리에서부터 시작되었다.

성명, 연령, 주소를 물은 다음,

"군대를 선동한 적이 있는가?"

"영국 정보기관과 내통한 적이 있는가?"

"비밀 결사에 가담하고 있는가?"

를 묻고 모두가 부정하니까, 다시 추궁하지도 않고 싱겁게 심의를 끝냈다.

인도인에 대한 추궁은 맹렬했다. 영국 기관의 지령을 받고 시한폭탄을 장치한 것이라고 단정해놓고 진행하는 것이었다.

"미얀마의 독립 식전을 파괴하려는 자는 미얀마인일 수가 없다. 오랫동안 미얀마인과 반목해오던 인도인과 독립을 기어

이 방해해야만 될 영국이다. 피고 크란파니가 영국 기관의 앞잡이란 것은 이미 밝혀진 사실이고 크란파니와 그의 연루자가 시한폭탄을 장치하고 있는 것을 본 증인들이 있다."

경찰관은 이렇게 말하고는 세 사람의 미얀마인(수갑을 채우지 않고 대기시키고 있던 사람들)을 증언대에 세웠다.

증언대에 선 미얀마인들의 눈엔 공포의 빛이 가득차 있었다. 검찰관이 크란파니와 다른 두 명의 인도인을 똑똑히 보라고 해도 겁에 질린 눈으로 힐끔 보았을 뿐 고개를 들지 못했다.

"증인들이 본 사람은 분명히 이 사람들이지?"

증인들은 말이 없었다.

"분명히 이 사람들이지? 만약 바른대로 말하지 않으면 너희들은 총살이다. 이 사람들이 틀림없지?"

검찰관의 고함 소리에 세 미얀마인들을 보일 둥 말 둥 고개를 끄덕였다.

"피고는 할 말이 있거든 하라."

검찰관은 위엄을 뽐내면서 이렇게 말하고 자리에 앉았다.

크란파니는 침착했다. 깊은 눈빛으로 증인들을 보았다.

"나를 죽이고 싶거든 그저 죽여라. 마하트마 간디의 제자인 나는 폭력으로써 폭력에 항거하지 않는다. 나 하나를 죽이면 될 텐데, 저 젊은 미얀마인들로 하여금 대죄를 짓게 조작할 필요가 없지 않은가. 증언대에 끌려나온 젊은 미얀마 친구들이여! 나는 당신들을 용서한다. 얼마나 공포에 시달렸기에 그대들이 마음에도 없는 증언을 했겠나. 내가 죽는 것은 결코 그대들 증언 때문이 아니니 내 죽음에 책임감을 느끼지 마라. 양심을 가책할 필요도 없다. 그대들이 증언을 하지 않고 단호히 거부했더라도 그들은 결국 나를 죽이고 말 것이다. 다만 내가 말하고 싶은 건 미얀마는 아직 독립되지 않았다는 사실이다. 지금 이 자리가 충분한 증거다. 이러한 음모 조작을 하는 근성을 가진 자들이 어찌 진정한 독립을 당신들에게 줄 수 있겠느냐. 독립은 앞으로 그대들의 노력에 있는 것이다. 이번의 일은 독립에의 방해가 되었지 계단은 되지 못한다. 여기서 동으로 가면 코리아라는 나라가 있다. 일본은 그들에게 독립을 준다고 해놓고 그들을 노예로 만들었다. 또 만주라는 곳이 있다. 독립을 준다고 해놓고 역시 노예로 만들었다. 몇천 년의 우의가 있는 나라에도 그들은 그랬거늘 그 버릇을 미얀마에서 일조에 고치리라고 누가 믿을 수 있겠나. 독립이란 군사적으로도 예속하지 않아야 하고, 경제적으로도 예속하지 않아야 하고, 항차 정치적으로 예속해선 안 된다. 예속 속의 풍족보다 가난한 독립을 택해야 한다. 독립, 그리고 민주주의를 위해서 나의 죽음을 헛되게 하지 않기를 바란다. 미얀마의 친구들이여! 나는 인도인이긴 하나 미얀마를 내 조국과 같이 사랑해왔다. 우리 동족 중에는 미얀마인과 반목하고 있는 사람이 없지 않으나 나는 이것을 대단히 잘못된 짓이라고 생각한다. 가까운 장래에 빛나는 앞길이 튄다. 그 희망을 안고 나는 기쁘게 죽어갈 수가 있다. 우리는 서로를 위로하고 도와야 할 처지에 있다. 재판장 그리고 검찰관, 이 사건은 미얀마인을 회유하고 인도인과 미얀마인을 이간시키기 위한 조작이며, 그러기 위해서 나 크란파니라고 하는 희생이 필요했다는 사실을 나는 알고 있다. 그러나 역사를 속일 수 없을 것이니 언젠가 너희들은 너희들이 한 행동에 대해서 후회할 때가 올 것이다. 꼭 그날이 와야만 한다."

재판장은 숙연했다. 뭐라고 말하려던 검찰관도 검푸른 얼굴을 긴장시키고 있을 뿐이었다.

곧이어 판결이 있었다.

미얀마인 여섯 명은 군대 선동 사실 여부가 밝혀질 때까지 헌병대가 지정하는 곳에 연금하기로 하고, 인도인 두 명에겐 총살에 의한 사형이란 판결이 내렸다.

어처구니없는 재판이었다. 감시병 여섯 명은 크란파니 하나만을 데리고 영창으로 돌아왔다.

총살형을 기다리고 있는 사람과 시간을 같이하고 줄곧 그를 지켜보아야 한다는 것은 여간 고통스러운 일이 아니다. 미운 사람이면 또 모른다. 존경할 수 있는 사람, 친근감을 느낄 수 있는 사람일 경우는 참으로 견디어내기 힘드는 일이다.

사형 선고를 받고 난 뒤 크란파니는 쇠고랑이 채워져 있었다. 선고를 받기 전이나 받은 후나 그의 태도엔 조금도 다를 바가 없었다. 언제나 침착하게 고요한 눈을 뜨고 단정하게 앉아 있는 것이다.

무슨 마술이나 부리지 않을까 해서 접근하길 꺼려했던 사람들도 크란파니의 조용한 태도에 익숙해지자 모두들 친절하게 대하게 되었다. 히로카와 중위를 제외하곤 순찰을 온 장교들이나 하사관들도 감방 속에 있는 크란파니를 동정어린 눈으로 보게 되었다.

크란파니의 사상이야 어떻든, 그 사건과는 직접적인 관련이 없는데도 헌병대의 조작으로 총살형을 당하게 되었다는 사실은 부대 전원이 알고 있는 터였다.

9월에 접어들자 작업량은 많아지고 병력은 모자란다는 이유로 감시병 여섯 명을 세 명으로 줄였다. 행인지 불행인지 송인규는 그 세 명 가운데 끼게 되었다. 종전대로 3교대제였으나 전엔 두 명씩 하던 것을 한 명씩 맡아 감시하기로 되었다.

그때부터 송인규는 마음놓고 크란파니와 이야기를 나눌 수 있게 되었다. 이야기를 나눈다고 했자 무슨 할 말이 송인규에게 있었겠는가. 어설픈 위로를 해보았자 소용없는 일이었다. 되레 깊은 명상에 잠겨 있는 그의 시간을 방해하지 않는 편이 좋을지 몰랐다.

그렇다고 해서 가만히 있을 수는 없었다.

어느 날 송인규는 다음과 같은 말을 걸어보았다.

"자기들도 사건의 진상을 알고 잘못을 깨닫고 있을 것이니 곧 좋은 소식이 있을 겁니다. 아직껏 아무런 말이 없는 것을 보니 잘될 것도 같지 않습니까."

크란파니는 쓸쓸하게 웃었다.

"그들이 망설이고 있는 줄을 아십니까. 상부에 보고하고 있는 거겠지요. 사건이 발생했으니 범인은 잡아야 할 것 아닙니까. 일본군 수사 기관의 위신도 있으니까 그러면서 그들은 미얀마인을 죽이기는 싫은 겁니다. 민심도 생각해야 하니까요. 위신도 세우고 민심도 사고 명분도 세우고 하자면 꼭 나를 죽여야 하는 겁니다."

그러고는 이렇게 말했다.

"죽음은 죽는 것을 무서워하는 사람에게만 고통이지 죽음을 겁내지 않는 사람에겐 조금도 두려워할 게 없습니다."

"그러나 그렇게 되기란……."

"난 독립 운동을 시작할 때 벌써 목숨을 던져놓고 있었소."

"세상에 어찌 그런 무상의 행동이 있을 수 있겠습니까."

"어째서 무상의 행동인가요? 당신도 릴레이 경주를 아실 겁니다. 누군가가 결승점에 들어가면 되는 겁니다. 꼭 나라야 된다는 법이 그 경주에 있습니까. 자기가 제일 주자가 되었다고 해서 영광이 돌아오지 않습니까. 나는 민족 독립의 횃불을 전하는 선수의 한 사람이오. 내 뒤엔 무수한 선수가 있습니다. 내 앞에 무수한 선수가 있었던 것처럼. 이러한 선수라는 의식보다 더한 보상이 어디 있겠소. 나 하나가 죽어서 수만의 행복을 마련할 수 있다고 생각할 때 이 자신 이상의 보상이 어디에 있겠으며 이 죽음 이상의 값비싼 죽음이 어디 있겠소. 값없이 죽어가는 수많은 사람들 가운데 값비싸게 죽을 수 있다는 건 영광된 일이며 행복된 일입니다. 사람은 값없이 죽어선 안됩니다."

"하지만 쓸쓸하지 않습니까?"

"쓸쓸하긴. 나는 언제나 마하트마 간디와 같이 있습니다. 네루와도 같이 있구요. 마음이 통하면 같이 있는 겁니다. 생자와 사자와의 구별도 없습니다. 어디 있어도, 비록 난 혼자 있는 것 같아도 나는 여러 선생님과 선배와 동지들과 같이 있는 겁니다."

어느 때는 이렇게도 말했다.

"두고 보시오. 이번 전쟁엔 일본과 독일과 이탈리아가 꼭 망합니다. 그렇게 되면 영국이나 미국의 태도가 달라집니다. 이 천재일우의 기회를 식민지의 백성들은 놓치지 말아야 합니다. 코리아인도 단결만 하면 이 기회에 독립을 이룰 수가 있을 겁니다."

송인규는 조국의 독립이란 말을 듣자 가슴이 설렜다. 중경重慶으로 가면 한국 독립군이 있다는 풍문을 들은 것이 생각나기도 했다.

크란파니는 또 다음과 같은 인도의 시를 일본 말로 번역해서 들려주기도 했다.

행동에만 전념하라
결과에 관해선 마음을 쓰지 말라
행동의 결과를 원치 말라
오직 활동에 힘쓰라

이것은 바가바드기타의 시라고 했다

"형제에 대해서 사랑을 얘기해선 안 된다. 그저 사랑하라. 교
의와 종교를 논해서도 안 된다. 종교는 하나밖에 없다. 모든
강물은 바다로 간다. 전진하라. 그리고 다른 사람들도 전진하
게 하라."

이것이 미키라난다 경전의 일절이라고 했다.

어느 날이다. 크란파니는 심각한 얼굴을 하고 송인규에게
다음과 같이 전했다.

"당신은 기회를 보고 탈출하시오. 이런 꼴로 살아봤자 일본
의 노예로서 사는 것이고 만약 이대로 죽어보시오. 영영 당신
은 일본의 노예로서 죽는 겁니다. 죽은 사람은 자기 평생을 수
정할 수 없습니다. 엄숙한 섭리에 의해서 이 세상에 생을 받아
욕된 나날을 보내고 욕된 죽음을 해서야 될 말입니까. 죽어도
민족을 위해서 죽고 조국의 독립을 위해서 죽어야 합니다. 당
신처럼 희귀한 인간성을 가진 사람이 그렇게 욕된 생활을 보
내서는 안되고 욕되게 죽어서도 안됩니다."

그러고는 송인규더러 연필과 종이를 달라고 했다. 인규가
연필과 종이를 넣어주자, 크란파니는 뭣인가를 열심히 쓰고는
그 종이와 펜을 도로 내어주며 말했다.

"여기 편지 두 장이 있소. 하나는 당신이 탈출했을 때, 또는
탈출을 못 하고 그냥 일본군에 있다가 일본이 항복했을 때 인

도의 관헌이나 영국의 관헌이나 미얀마의 관헌에게 보이시오. 하나는 내 마누라에게 쓴 편지입니다. 만약 당신이 탈출하거든 그 편지를 가지고 내 마누라에게로 가십시오. 내 처는 카타 지방에 있소. 주소를 거기 써두었으니 찾을 수 있을 겁니다. 카타 지방까진 일본군이 들어가지 않았고 곧 패배할 거니까 앞으로도 일본군이 가지 못할 겁니다."

송인규는 그 편지를 접어 소중하게 안 포켓에 넣었다.

"편지의 내용은 대강 이렇습니다. '이 편지를 가진 마쓰야마란 일본 병정은 코리아인으로서 본의 아니게 전선으로 끌려나온 사람입니다. 나, 마술사 크란파니가 일본군에게 체포되어 총살을 당할 때까지 나의 감시병 노릇을 한 사람인데 그 따뜻한 마음씨나 깊은 인간성은 내 최후의 시간을 복되게 해주었고 나의 인간에 대한 깊은 사랑을 북돋워주었습니다. 이 세상에 이런 분이 있다는 게 얼마나 고마운 일입니까. 비록 무명의 병사일망정 인간의 가장 고귀한 심성을 가지고 있는 이분에게 영국 관민, 인도 관민, 미얀마 관민, 네덜란드 관민이시여! 최대한의 대우를 하실 것을 인류의 행복을 위해서 죽어가는 크란파니가 최후의 성의를 모아 간원하는 바입니다. 신의 이름에 영광이 있기를!'"

송인규가 그 편지의 내용을 들었을 때 이때까지 그의 가슴속에 혼돈 상태로 있던 덩어리가 돌연 하나의 명확한 형태로 굳어져가는 것을 느꼈다.

'어떻게 내 힘으로 이분을 구출할 수 없을까' 하는 생각이었다. 송인규는 고맙다고 하고 마누라에게 가는 편지는 어떠한 수단을 써서라도 부치겠노라고 했다.

"내 마누라는 카렌 족의 딸이지요. 카렌 족이란 이 미얀마에 사는 소수 민족의 하나입니다. 슬기로운 민족이지요. 내 마누라는 이 카렌 족의 딸로서 하늘의 별처럼 예쁘고 진흙 속의 연꽃처럼 청정하고 슬기로운 소녀입니다."

"소녀입니까?"

"그렇지요. 세계에 평화가 오면 나는 내 마누라를 데리고 세계를 한 바퀴 돌 작정이었습니다. 가는 곳마다 나의 마술에 사람들은 황홀할 것이니 갈채를 받으면 나는 나의 예쁜 마누라를 관중 앞에 내세우고, 여러분 갈채는 이 여인에게 보내주십시오. 내 마술의 영감은 이 여인에게서 나왔습니다. 그러니 내 마술의 영광은 당연히 이 여인에게로 돌아가야 합니다. 이렇게 연설할 작정이지요. 나는 내 마누라를 슬기로운 카렌 족에서 골라 아홉 살 때부터 교육을 시켰지요. 인레 호반에서 자랐다고 해서 이름을 인레라고 고쳐 짓고, 지금은 열아홉. 영어, 프랑스어, 중국어, 일본어까지 할 줄 알죠. 세계를 무대로 한 마술사의 아내가 되려면 그쯤 말을 알아야 하니까요."

"크란파니 씨, 그런데 당신은 왜 미얀마에 왔지요?"

"마술 흥행도 하고 미얀마에 있는 동지들에게 연락도 하고 겸사겸사로 왔는데 이곳을 사랑하게 되어버렸지요."

"인도엔 그 후 돌아가보지 않았습니까?"

"몇 번 돌아갔었지요. 짧은 동안, 그리고 인도뿐 아니라 자카르타에도 가고 마닐라에도 가고 홍콩에도 가고 했지요. 우선 돈을 벌어야 했으니까. 그러나 결혼하고 난 후부턴 마누라를 교육시키기 위해서 장기 여행은 하지 못했습니다."

"하필 카렌 족의 여자와 결혼한 이유는?"

"인도에서 마누라를 구하기란 힘듭니다. 카스트가 가혹할 정도로 엄격해서 다른 카스트에 속한 사람과는 결혼할 수 없습니다. 나는 카스트 축에도 들지 못하는 하리잔입니다. 영어론 언터처블이라고도 하지요. 말하자면 불가촉천민이란 겁니다. 내가 인도에서 결혼을 하려면 이 하리잔 속에서 배필을 구해야 합니다. 그런데 하리잔 속에서 현명한 여자를 구한다는 건 여간 힘드는 일이 아닙니다. 수백 년 동안을 짓밟혀 동물이나 다를 바 없는 생활을 해왔기 때문에 슬기가 마멸되어버렸습니다. 인도에 있을 때는 결혼할 의사를 갖지도 않았지요. 이곳에 와서 우연히 어떤 카렌 족의 가족을 알게 되었는데 그때 아홉 살 난 딸이 내 마음에 들었습니다. 가난한 집이라서 나는 그 집을 도와줄 겸 그 딸을 내 손으로 기르기로 했지요."

"카스트란 것은 뭡니까?"

"리그베다에 푸르샤스크라는 경전이 있습니다. 그 경전 가운데 이런 신화가 있습니다. 푸르샤 원인原人을 분할했을 때 입과 양팔과 양다리와 양발로 갈랐는데 그 입을 브라만이라고 하고 팔을 크샤트리아라 하고 다리를 바이샤라고 하고 발을 수드라라고 했답니다. 브라만이 최고의 계급, 그다음이 크샤트리아, 다음이 바이샤, 다음이 수드라, 이를테면 노예이지요.

하리잔은 이 수드라보다 천한 계급입니다."

"현대 사회에 어찌 그런 것이 있을 수 있습니까?"

"어느 나라엔들 불합리한 관습이 없을 수 있습니까?"

"불합리한 것이면 방치해둘 수는 없지 않아요."

"카스트제는 힌두교의 타락한 부분이라고 해서 그렇지 않아도 이것을 철폐하려는 대운동이 일어나고 있습니다. 마하트마 간디가 그 선봉이지요. 마하트마는 이런 말씀을 하셨습니다. 불가촉천민 제도는 힌두교도의 죄악이다. 힌두교도는 이 때문에 고민하고 그 죄를 속죄하고 억압당하고 있는 동포에게 대한 부채를 지불하지 않으면 안 된다. 나는 불가촉천민의 친구가 되어 그들의 고뇌를 나눠가질 각오다. 이렇게 말씀하시고 불가촉천민을 하리잔이라고 불렀습니다. 하리잔이란 '신의 아이들'이란 뜻이지요. 몸소 하리잔 속에서 살고, 변소 소제 같은 것도 손수 하시고 계십니다. 그리고 현재 하리잔의 엘리트엔 교육을 받고 독립 운동에 투신하고 있는 사람이 많습니다."

하루는 크란파니가 나지막한 소리로 노래를 부르고 있었다. 무슨 노래냐고 물었더니 타고르가 지은 노래인데 인도가 독립되는 날엔 인도의 국가가 될지도 모르는 노래라고 했다. 크란파니는 그 노래를 다음과 같이 송인규에게 번역해주었다.

"신이여! 그대, 인간의 마음을 영도하고 인도의 운명을 영도
하는 신이여! 그대의 이름은 반잡, 신드, 크쟈라트, 마라타의
마음과 트리비타, 오리사, 벵골의 마음을 높인다.

그대의 이름은 빈디아, 히말라야의 봉우리에마다 메아리치
고 얌너 강가의 물결과 화和하고, 인도양의 파도에 찬가를 엮
는다.

그대 이름에 의하여 우리의 마음은 잠 깨어 그대를 찬양하는
노래를 부른다.

그대는 인간에게 복을 주며 영생을 준다. 인도의 운명을 영도
하는 신이여, 신에게 승리 있으라!"

무거운 시간이 크란파니의 주위를 흘러갔다. 송인규에게도
무거운 나날이었고, 무거운 시간이었다.

'크란파니를 구해야 한다.'

처음엔 막연했던 상념이 차츰 구체적인 결심으로 변해갔다.
결심으로 변해가자 송인규는 주위가 자기를 이상한 눈으로 보
지나 않을까 하는 불안에 사로잡혔다. 그렇게 되고 보니 전처
럼 자유로이 크란파니와 이야기를 주고받을 수도 없게 되었
다. 망설이던 끝에 어느 날 밤 송인규는 크란파니에게 다음과
같이 말해봤다.

"당신 마누라 있는 곳이 카타라고 했지요?"

"그렇습니다."

"거기까지 가려면 시간이 얼마나 걸리지요? 걸어서."

"걸어선 일주일은 잡아야 됩니다."

"일주일!"

하고 인규는 입속에서 중얼거렸다.

"헌데 그런 건 왜 묻습니까?"

"크란파니 씨, 당신은 마술사라고 하지 않았소. 어디 마술을 부려 이 감방에서 빠져나갈 순 없소?"

크란파니는 고요하게 웃음을 터뜨렸다.

"내가 빠져나가버리면 당신이 총살당하지 않습니까?"

"그럼 내가 총살당할까 봐 이곳에서 나갈 수 있는데도 나가지 않는 겁니까?"

"그럴 리야 있습니까. 내 마술은 그런 게 아니오. 철창을 빠져나갈 수 있는 그런 마술이 아닙니다. 세상에 그런 기술이 있다면 얼마나 좋겠소. 내게 만약 생명이 있으면 앞으론 그런 마술을 연구해볼 참입니다만……."

송인규는 답답했다. 억울하게 하나의 인재가 죽어가는데 그것을 눈앞에 보면서 속수무책이란 상황이 한스러웠다. 부대원 일동에게 호소해서 구명 운동을 벌여볼까 하는 생각도 했다. 그러나 어림도 없는 일일뿐더러 최후의 수단마저 망쳐버릴 염려가 있었다.

최후의 수단이란 송인규가 크란파니를 영창에서 꺼내가지고 같이 탈출하는 계책이다.

그러나 어떻게? 송인규는 그 방법을 생각해내는 데 몰두했다.

우선 열쇠 문제다. 열쇠는 위병 사령이 보관하고 있다. 또 하나의 열쇠는 부대장 부관의 책상 왼편 줄 서랍 세 번째에 있다. 특별 영창을 만들었을 때 자물쇠를 사가지고 왔다. 자물쇠엔 열쇠가 두 개 달려 있었다. 하나를 빼어 부관은 위병 사령에게 주며 교대할 때마다 인수인계를 엄하게 하라고 일렀다. 그러고는 남은 열쇠를 대수롭잖게 자기 책상 서랍에다 넣어버리는 것을 송인규가 목격했다. 그 기억이 없었던들 송인규는 탈출 계획을 꾸밀 엄두도 내지 못했을 것이다.

위병소에 있는 열쇠를 훔치기는 불가능한 일이지만 부관 책상 서랍에 있는 열쇠를 훔치기란 쉬운 일이다.

탈출하는 방법은?

다행히 인규는 자동차를 운전할 수 있었다. 공병대에선 자재 운반을 위해서 특수 운전병을 양성시킨다. 그 틈틈이 일반병도 운전을 배우는 기회가 있었다. 게다가 인규에겐 손재주가 있어서 자동차 수리를 썩 잘했다.

'옳지. 동료 운전수가 고장난 차를 끌고 오면 내가 하번下番했을 때 고쳐주마고 하고 이 영창 뒤편에 있는 자동차 수리장에다 갖다놓으라고 하자. 그때 그 차를⋯⋯.'

송인규의 머릿속에서는 정밀하게 계획이 짜여져갔다.

다음은 정보다. 어디로 이송을 하건, 형집행을 하건, 그걸 사전에 알아내야 했다.

9월도 중순에 접어든 어느 날의 오후, 송인규와 다른 하나의 감시병은 위병 사령에게 불려 갔다.

위병 사령에게서 다음과 같은 지시가 있었다.

"내일은 일요일이다. 하지만 내일 중대한 일이 있다. 지금 우리 부대에 수용되어 있는 인도인을 내일 총살한다. 시간과 장소는 미정. 헌병대에서 오면 너희들 감시병도 형장에까지 수행해야 한다. 한 두어 달 같이 있었으니 정의상으로라도 형장까지는 같이 가주어야 하지 않겠나. 그렇게 알고 복장을 정비해둬라."

송인규는 자기 가슴속에 일어난 급격한 동요를 위병 사령이 알아차릴까 봐 위병 사령을 똑바로 보질 못했다. 심장의 동계가 상대방에 들리지나 않을까 겁날 정도로 심했다. 그러나 위병 사령은 불온한 계책을 송인규가 꾸미고 있다는 것을 엄두에도 내지 못하는 것 같았다. 하기야 유순하기만 한 졸병의 가슴속에 무엄하고도 대담한 계책이 있을 줄이야 알 까닭이 없다. 송인규는 한편 이처럼 자기를 믿어주는 사람들을 배신해야 하는 자기 자신에게 죄스러운 감정마저 가졌다. 하지만 히로카와 중위에 대한 반발이 그런 감정을 말끔히 지워주는 작용을 했다.

그날 밤 송인규는 불침번의 눈을 피해 부관실에 들어가 감쪽같이 영창의 열쇠를 훔쳐내오는 데 성공했다. 같은 부대의 동료인 불침번의 눈을 속이는 것쯤이야 쉬운 일이었다.

고장난 차는 며칠 전부터 영창 뒤 수리장에 갖다두었다. 다만 수리가 끝난 줄 알면 딴 데로 출동시킬 염려가 있었기 때문에 휘발유 파이프를 빼놓고 밧데리의 선을 풀어놓았다. 그것은 교대하러 가며 이어놓으면 될 일이었다.

오전 0시에 송인규는 상번을 했다. 순찰 장교가 돌아가기만을 기다리면 되었다. 순찰 장교는 정각 한 시에 왔다. 그때의 순찰 장교는 히로카와였다. 히로카와는 송인규의 근무 보고를 어디 흠잡을 곳이 없나, 하는 눈초리로써 듣고, 보고가 끝나자 그 눈초리를 감방 안에 있는 크란파니에게 옮겼다. 내일 총살한다는 사실을 히로카와는 물론 알고 있을 터인데 크란파니를 들여다보는 그의 눈초리는 너무나 비정한 것이었다. 송인규는 순찰 장교가 건너편 건물의 모퉁이를 돌아갈 때까지 지켜보았다. 30분 후쯤엔 허둥지둥할 히로카와의 당황한 모습을 상상하니 용기가 곱이 되었다.

이젠 최후의 모험이 남았다. 이 모험이 성공하느냐 못 하느냐에 만사의 성패는 걸려 있다. 그러나 송인규는 일본 군대의 생리를 알고 있기 때문에 십중팔구 마지막의 연극이 적중할 것이란 자신이 있었다. 상관의 명령이면 전후좌우도 생각하지 않고 무조건 복종하는 일본군의 맹점을 이용하자는 것이다.

송인규는 깊은 호흡을 두서너 번 되풀이해서 뛰는 동계를 가라앉히곤 위병소와 직결되어 있는 전화기를 들었다. 당번병을 두 명에서 한 명으로 줄일 때 긴급용으로 전화를 가설하게되었는데 그것이 기화였다. 수화기에서 졸음에 겨운 소리가 들렸다. 송인규는 성색을 바꾸어 단호한 어조로써 말했다.

"부관 명령!"

졸음에 겨운 듯한 대답이 단번에 긴장된 대답으로 바뀌었다.

"사단 사령부의 명령으로 자동차 한 대를 즉시 사령부로 보내야 한다. 시간의 지체가 안 되도록 이 명령과 동시에 영문을 열어라. 통과하고 나면 지체없이 영문을 닫아라!"

복창하려는 것을,

"복창 불필요, 즉시 개문!"

하고 전화를 끊었다. 그래 놓고 송인규는 영문이 열리는가를 볼 수 있는 지점에까지 뛰어갔다. 병정 두 사람이 나와 영문을 열고 있었다. 그는 감방으로 달려와 자물쇠를 열었다.

"빨리 하시오. 탈출이다!"

그 이상의 말이 나오지 않았다. 크란파니는 황급히 송인규의 뒤를 따랐다. 송인규는 수갑이 채워져 부자유한 인도인을 트럭 뒤칸에 밀어 올려 천막을 뒤집어쓰고 누우라고 이르곤 운전대에 올라 액셀을 밟았다.

순식간에 자동차는 쏜살같이 영문을 빠져나왔다. 위병들이 정지하라고 고함을 질렀지만 무시하고 빠져나온 것이다. 빠져나온 지 잠깐 후, 백미러를 보았더니 병정들은 다시 영문을 닫고 있었다.

불안한 가운데서도 송인규는 입속으로 중얼거렸다.

"얼간이들!"

뒤에 생각해본 일이지만 아찔한 대목이 많았다. 위병소에 명령할 수 있는 것은 주번 사령이다. 부관 아니라 부대장이라도 위병소에 명령을 할 땐 반드시 주번 사령을 통해야 한다. 그러니 위병들이 조금이라도 지각이 있었더라면 이상하다고 곧 위병 사령에게 알려야 한다. 만약 그렇게 되었더라면 일은 어떻게 되었을까!

송인규는 그저 북쪽으로만 가야 한다고 생각하고 길 트이는 곳으로만 달렸다.

우기여서 어떤 곳은 길인지 강인지 분간할 수 없는 데도 있었지만 마구 달렸다. 그렇게 몇 시간을 달렸는지 주위는 완전히 아침이 되어 있었다.

송인규는 강기슭에까지 왔다. 송인규가 달려온 길이 거기서 막혀버린 것이다. 그는 크란파니를 차에서 내리게 하고 우선 수갑부터 풀었다.

크란파니는 멍청하게 말이 없었다. 너무나 급격하게 닥친 일이 되어서 그 침착한 크란파니로서도 뭐라고 말할 주변이 서지 않는 것 같았다.

앞을 보면 망망한 강, 뒤를 보니 망망한 들, 누구도 뒤따라오는 것 같진 않았다.

"여기가 어디지요?"

"사강인 것 같은데."

"사강?"

송인규는 질색을 했다.

"그럼 만달레이의 남쪽이 아니오?"

"그렇습니다."

"나는 북쪽으로 달리고 있다고만 생각을 했는데."

만달레이의 남쪽이면 위험했다.

"여기까지 빠져나오긴 했는데 어떡하면 좋지요?"

"건너편 아바로 갑시다. 아바는 폐허니까 일본군이 없을 것 같습니다."

"그럼 자동차를 버려야 하겠구먼요."

"그래야죠."

송인규는 차를 낭떠러지까지 몰고 가서 엔진을 건 채 밀어 떨어뜨렸다. 망망한 이라와디 강 속으로 자동차는 흔적도 없이 사라져버렸다.

배를 타기 위해선 조금 걸어야 했다. 스콜을 알리는 먹구름이 머리 위에 닥쳐와 있었다.

송인규는 군복을 벗어버리고 내복 차림이 되었다. 그래 가지고 스콜을 맞으니 미얀마인과 조금도 다를 게 없이 되었다.

스콜이 멎자, 강은 다시 조용해졌다. 크란파니와 송인규는 요행히 배를 얻어 아바로 건너갔다.

배 안에서 송인규는 크란파니에게 오늘 있었을 총살 얘기를 했다. 성공 여부를 확인할 수가 없어서 사전에 얘기하지 못했다는 사연도 덧붙였다. 크란파니는 눈물을 글썽거리며 송인규의 손을 붙들고 한참 동안 놓질 않았다.

아바의 폐허에서 이틀 밤을 샜다. 음식도 의복도 크란파니가 어디선가 마련해왔다.

이틀을 거기서 쉰 것은 대사를 치르고 난 뒤의 피로를 푸는 의미도 있었지만 크란파니의 집이 있는 카타까지의 길에 무슨 위험이 없는가 하는 정보를 수집하기 위한 것이기도 했다.

이틀을 거기서 묵는 동안 송인규는 아바에 관련된 이야기를 크란파니에게서 들었다. 그 가운데서 가장 인상적인 이야기는 다음과 같다. 명조明朝가 멸망하자 멸망 최후의 천자가 이 아바로 망명했다. 당시 아바는 미얀마의 왕도였다. 미얀마 왕은 망명온 명나라의 천자를 극진히 대접하고 보호했다. 명나라를 패망시킨 청국淸國은 천자를 돌려보내라고 압력을 가했지만 미얀마 왕은 이에 귀를 기울이지도 않았다. 조정은 두 파로 갈렸다. 한 파는 돌려주자고 하고, 한 파는 돌려주지 말아야 한다고 하고. 드디어 명나라의 천자를 돌려보내야 한다고 주장한 파가 임금을 비로드 자루에 넣어 이라와디 강에 던지고 그 임금의 동생을 임금으로 등극시키고 명나라의 천자를 청나라의 손에 넘겨주었다.

비로드에 쌌건 말았건 이라와디 강에 던져졌으면 그 임금은 악어의 밥이 되었을 것이다. 인규에겐 그 이야기가 옛날 이야기로만 들리지 않았다.

아바에서 카타로. 머나먼 길이었다. 황량한 사막이 있는가 하면 숨이 막힐 듯한 정글이 있고, 새 소리에 놀라는가 하면 엄청난 크기의 뱀에 놀라기도 했다. 선편은 아무래도 위험하니 결국은 도보로 가지 않을 수 없었는데 크란파니의 말에 의하면 만고미담이란 정글을 헤쳐나가기도 했다.

십여 일이 걸려서야 카타 부근에 왔다. 카타 부근의 산야는 고국을 닮았다. 소나무도 있고, 밤나무도 있고, 느티나무도 있었다. 송림을 지나는 송뢰에 고국의 정을 느끼기도 했다.

카타의 크란파니 집은 원주민들의 집과는 전연 딴판인 현대식 건물이었다. 붉은 슬레이트에 하얀 벽, 이름 모를 꽃들이 만발한 화단에 둘러싸인 그윽한 향기 속의 꿈처럼 아담한 집에서 크란파니의 마누라 인레는 남편의 신상에 무슨 일이 일어났는지도 모르고 꽃처럼 살고 있었던 것이다.

인레는 정말 아름다웠다. 검은 머리, 윤택 있는 밀빛의 피부, 흑요석을 방불케 하는 크고 맑은 눈동자, 열아홉 살의 신선함을 지니면서 귀부인다운 우아함을 겸한, 파리의 가두에 세워도 사람들이 뒤돌아보지 않을 수 없는 미모와 섬세한 육체를 가진 여인이었다.

송인규는 이 집의 기약 없는 식객이 되었다.

1944년 1월이 되었다. 미얀마의 1월은 한국의 기후로선 4월과 비슷하다. 송인규가 크란파니의 식객이 된 지도 이미 4개월이 넘었다.

그동안 송인규는 크란파니를 통해 세계의 정세를 소상하게 들었다. 크란파니에 의하면 세계대전은 1945년 아니면 1946년의 초쯤에 끝날 것이라고 했다.

인도에 관해서도 많은 것을 배웠다. 세계 최고의 성자들도 인도에 살고 있고, 세계에서 가장 열악한 사람도 인도인이라고 했다. 가장 몽매한 미신에 사로잡혀 있는 것도 인도인, 가장 숭고한 혜지를 가진 사람도 인도인이라고 했다.

병이란 병, 이 지상에 있는 병치고 인도에서 발견되지 못할 것이 없고, 가장 추악한 가난에서 가장 호화로운 부의 형태에 이르기까지 모든 생활의 패턴을 인도에서 발견할 수 있다고도 했다. 인도는 전 세계의 고통을 집중적으로 짊어지고 있는 병든 낙타와도 같다고도 했다.

이 모든 모순과 병폐를 고치려면, 고칠 생각이라도 하려면 우선 인도가 독립되어야 한다고 했다.

크란파니의 지식에서보다 크란파니의 조국에의 사랑이 송인규를 감동시켰다. 보다도 인도인의 줄기찬 독립 투쟁사는 놀라운 것이었다.

1942년에만 해도 간디 지도하의 반영 독립 운동이 전 인도에 퍼져 간디, 네루 등 지도자는 체포되었고, 영국 관헌의 탄압은 격심했다. 8월에서 11월까지의 3개월 동안 천 명 이상이 학살당했고, 3,200명 이상이 부상하고 10만 명 이상이 체포되었다.

과거 삼십 년 동안 영국에 항거해서 죽고 투옥당한 수를 헤아리자면 수백만을 넘는다고 하니 인도 국민의 그 끈기엔 다만 놀랄 수밖에 없었다.

이에 비해서 조국은 어떠한가. 송인규의 짧은 견문으로써 볼 때 독립에의 의욕이나 투쟁에 있어서 인도에 비할 바가 못 된다고 생각했다. 해외에서 독립운동이 진행되고 있다고는 들었으나, 현재 국내에선 소극적인 독립 의욕은 있을 망정 적극적인 독립 투쟁은 거의 없지 않은가, 하는 생각도 들었다. 뿐만 아니라 지원병 훈련소에 있을 때 소위 민족의 지도자라고 할 만한 사람들이 와서 훌륭한 황국 신민이 되라고 권유한 연설을 몇 차례고 들은 적이 있었는데 그러한 기억이 크란파니 앞에서 수치스럽게 생각나기도 했다.

크란파니에 의하면 인도는 적도의 기온에서부터 북극의 기온에 이르기까지 모든 기온의 패턴을 골고루 지니고 있고 세계 각국에 있는 동물, 식물의 전 종류를 인도에서 발견할 수가 있다고 했다. 동양과 서양의 중간에 있으며, 인종도 백인, 흑인, 황인의 중간종이라고 했다. 인도의 고민은 세계의 고민이고, 인도 문제의 해결은 곧 세계 문제를 푸는 가장 큰 단서가 되리라고 했다. 세계에서 가장 불행한 나라, 그러니까 더욱 안타깝게 인도를 사랑하지 않을 수 없다는 것이었다.

마술을 배운 동기로선 다음과 같이 말했다.

하리잔의 아들로서 태어나 생업의 방도가 없었다. 하지만 겨우 먹고 살기 위한 생업을 택하기는 싫었다. 인도의 독립운동에 가담하고 싶었고, 하리잔을 해방하는 운동에 참여하고 싶었는데 그만한 여유를 줄 수 있는 생업이라야 한다고 마음먹었다. 큰 사업을 하자면 자본이 있어야 했다. 의사나 변호사가 되자면 학교엘 다녀야 했다. 그것은 모두 불가능한 길이었다. 그래 마술사가 되길 작정했다. 이렇게 작정한 것이 열다섯 살 때였다.

"내 선생은 크란파니, 나의 이름 크란파니는 그 선생님이 물려준 겁니다. 줄곧 이십 년 피나는 노력의 연속이었습니다. 마술을 배우고 난 후에야 나는 공부를 했지요. 어학은 앞선 이십 년 동안에 선생님에게서 배웠고. 마술사의 무기는 말입니다.

마술이란 곧 화술이라고 할 수 있지요. 당신도 범인이 할 수 없는 직업을 가져야 돼요. 그래 가지고서 독립 운동을 해야 합니다."

송인규는 그에게 마술을 가르쳐달라고 했다. 마술을 배우기엔 이미 나이가 지났다고 말하면서도 생명의 은인의 부탁을 저버릴 수 없다고 했다.

"그러나 줄잡아도 십 년은 걸립니다. 그동안 고국에 돌아갈 기회가 있으면 어떻게 하지요?"

"십 년 아니라 이십 년이라도 꼭 배우고야 말겠습니다."

"그럼 좋습니다."

이렇게 해서 송인규는 크란파니의 제자가 되었다. 제자는 스승의 지도에 따라야 한다. 지식을 배우는 것이 아니라 마술을 배우는 것이니 아무리 불합리한 지시에도 절대로 복종해야 한다. 이것이 크란파니가 송인규에게 한 스승으로서의 첫 발언이었다.

크란파니는 제자 송인규를 위해서 자기 집에서 5백 미터쯤 떨어진 산속에 조그마한 암자를 지었다. 거기가 송인규의 수련 도장이 되었다.

새벽에 일어나 강가에 가서 목욕을 하고 나면 채소와 고기와 쌀로 된 한 그릇 죽을 먹고 하루 종일 참선하는 자세로써 앉아 있어야 할 때도 있다. 하루 종일 뙤약볕을 쪼이며 암자 앞 바위에 앉아 있어야 하는 때도 있었다. 일체의 잡념을 버리고 어떤 마력에 몸과 마음을 송두리째 의탁할 수 있기 위한 고행이라고 했다.

그러나 마술사는 고행승과 달라 보통 이상의 체력이 있어야 한다면서 풍부한 음식과 적당한 운동은 어떠한 고행 중에서도 빼놓아선 안 된다는 것이었다.

거의 무의미하다고 할 수 있는 이런 따위의 수련만 가지고 한 해가 갔다. 송인규가 크란파니의 제자가 되어 꼭 일 년이 지나고 이 년째 접어드는 날, 크란파니는 송인규더러 다음과 같이 말했다.

"마술사가 될 수 있는 자격이 있다고 인정합니다."

그리고 아래와 같은 문답이 있었다.

"부처님을 믿습니까?"

"믿지 않습니다."

"예수를 믿습니까?"

"믿지 않습니다."

"달리 믿는 신이나 인물이 있습니까?"

"없습니다."

"그럼 가장 사랑하는 사람은 없습니까?"

"있습니다."

"그게 누굽니까?"

"어머닙니다."

"좋습니다. 그러면 내일부터 마음속에서 어머니만 외우십시오. 쉴 새 없이 외우는 겁니다. 운동할 때와 식사할 때만 빼고 줄곧 어머니만 외워야 합니다. 당신께 마력을 주는 사람이 오늘 결정되었습니다. 당신은 어머니의 힘으로 마술을 행할 수 있는 것입니다. 어머니를 마음속에서 외우면서 어머니의 모습을 눈앞에 그리도록 하십시오. 어느 때 반기던 순간의 어머니의 얼굴과 그 모습을 하나만 고정시켜 당신 눈앞에 떠오르게 하십시오. 일체의 잡념을 없애고 오직 어머니의 어느 한때의 얼굴을 당신 눈앞에 떠오르게 하는 겁니다. 그 작업이 끝났을 때 당신의 수련이 시작됩니다. 이 년이 되건 삼 년이 되건 그 작업을 완수하지 못하면 다음 수련으로 넘어갈 수가 없습니다. 그러니 당신 자신이 이만하면 어머니의 어느 때의 모습을 고정시키는 데 성공하고 어떤 때건 필요하면 그 이미지를 눈앞에 떠올릴 수 있다고 생각하거든 내게 말하십시오."

이렇게 이르곤 크란파니는 송인규의 암자에 나타나지 않았다. 하루 네 번 식사를 나르는 인레 외엔 송인규가 만나는 사람이라곤 없었다. 운동은 아령과 철봉, 줄넘기, 암자에서 강으로 강에서 암자로 거기서 산 중턱까지 뛰어오르고 뛰어내리는 일을 하루 두 번, 그 외는 자유롭게 앉았다가 섰다가 하면서 어머니, 어머니 하고 염불 외우듯 마음속에서 외우는 것이다.

그러나 어느 한때의 어머니의 얼굴을 고정시켜, 그 이미지를 선명하게 눈앞에 떠올리는 일은 쉬운 것 같으면서 쉽지가 않았다. 한 달이 가고 두 달이 갔다. 어머니의 얼굴은 자꾸만 뒤바뀌어 나타나기만 했다. 상업 학교 시험에 합격했을 때 반겨주던 얼굴이 나타나는가 하면 지원병 훈련소에 들어갈 때의 초라한 얼굴이 나타나고, 어느 때의 방학에 귀향했을 때의 얼굴이 나타나는가 하면 온통 먼지를 쓰고 분주하게 일하는 모습이 떠오르기도 했다.

송인규는 상업 학교 입학시험에 합격했다는 소식을 들었을 때의 어머니의 얼굴을 고정시키려고 애썼다. 그땐 어머니도 그다지 늙지 않았다. 반기는 얼굴에 생기가 있었다. 이마의 주름도 그다지 흉하지 않았다. 머리에 흰 것이 가끔 보이기는 했어도 단정히 빗어 올리면 젊은이 머리와 다를 바가 없었다. 그런데 그 얼굴을 고정시키기가 힘드는 것이다.

마음이 초조할수록 곤란은 더했다. 석 달이 지나고 넉 달이 지났다. 송인규는 암자 안에 들어앉아 참선하는 자세로써 어머니를 외우고 그 이미지를 고정하려고 애썼다. 그런데 용이하질 않았다.

8월이 지나자, 겨우 이만하면 되지 않겠느냐 하는 생각이 들어서 식사를 가지고 온 인레더러 선생님을 만나게 해달라고 일렀다.

"선생님은 만달레이에 나가셨어요."

"만달레이? 선생님이 만달레이로 나가셔도 됩니까?"

"아마 괜찮은 모양이지요."

송인규는 이상하다고 생각했으나 외계와 단절하고 살고 있는 터라 일본이 항복하지는 않나, 하는 생각까지에는 이르지 못했다. 크란파니도 송인규의 수련을 생각해서 고의로 그 기쁜 소식을 숨겨두었던 것이다.

"선생님이 돌아오시면 그렇게 전해주십시오."

이렇게 인레에게 이르고, 송인규는 그동안에 더욱 자신을 얻을 수 있게 해야겠다고 마음먹었다.

크란파니가 돌아온 것은 그로부터 보름쯤 지나서였다. 크란파니는 한 꾸러미 종이 다발을 들고 송인규의 암자에 나타났다.

"나를 보자고 했다지요?"

"네."

"어떤 사정이 있습니까?"

"어머니의 얼굴을 고정시킬 수 있다고 생각합니다."

"그것 참 수련이 빠르셨습니다. 반가운 일입니다. 그럼 여기 종이가 꼭 천 장이 있습니다. 하루에 두 장씩 당신이 고정시켰다고 생각한 어머니의 얼굴을 그리십시오. 이건 미술로써 그리는 것이 아니니까, 어머니의 얼굴의 기분을 낸 정도도 안 되고 감정적인 과장이 있어서도 안 됩니다. 주름 하나도 빼놓지 말며, 점 하나도 빼놓아선 안 됩니다. 가장 자신이 있게 그렸다고 생각할 때 내게 연락하도록 하십시오."

송인규는 가슴이 뜨끔했다. 하루에 두 장씩 그리라니 일천 장을 그리려면 오백 일이 걸린다. 오백 일이 되어야 다음 수련으로 넘어간단 말인가.

사실은 오백 일이 지나 천 장을 그렸어도 크란파니의 인정을 받지 못했다. 천 장하고 삼백 장을 더 그렸을 때 비로소 크란파니의 승인을 얻었다. 그때의 크란파니의 말은 이랬다.

"눈부신 발전입니다. 놀라운 재능입니다. 내가 수련할 때도 이렇게 빠르진 못했습니다."

그날 비로소 크란파니의 마술 세 가지를 볼 수가 있었다.

하나는 달걀에서 닭을 만들고 닭을 다시 달걀로 만드는 마술이었다.

또 하나는 흙만 담겨 있는 화분에다가 겨자 알만 한 씨앗을 뿌려놓고 순식간에 거기서 싹이 돋고 떡갈잎이 나오고 줄기가 오르고 잎이 피고 꽃이 피게 하는 마술이었다.

셋째는 사려 있는 로프를 공중에 던져 꼿꼿하게 세워놓고 크란파니가 그 로프를 타고 올라갔다가 내려오는 마술이었다.

송인규는 그 신비스러운 마술에 압도당했다. 크란파니가 신처럼 우러러보였다. 자기도 저런 마술사가 될 것이라고 생각하니 황홀했다.

"처음엔 달걀에서 닭을 나오게 하는 마술에서부터 시작합시다."

크란파니의 이 말과 더불어 드디어 본격적인 수련이 송인규에게 가해졌다.

이날부터 송인규는 시간관념을 잊고 고국을 잊었다.

"마술사란 환각을 만들어내는 술사입니다. 당신은 어머니에 대한 환각을 거의 완전하게 만들어낼 수 있습니다. 그 힘으로 당신은 갖가지의 환각을 만들어낼 수 있는 소지를 닦은 셈입니다. 그런데 마술사는 스스로가 환각을 만들어내는 것만 가지고는 되지 않습니다. 그 환각을 관중들이 갖게끔 작용해야 합니다. 이것이 대문제입니다. 관중들로 하여금 이쪽이 의도한 환각을 갖게끔 하기 위해선 우선 나 자신이 그 환각을 믿어야 합니다. 환각에 대한 나 자신의 절대적인 신앙을 관중들에게 전달해야 합니다. 그러니 먼저 당신 자신이 절대적으로 믿을 수 있는 환각을 만들어야 합니다."

크란파니가 보여준 닭은 노랑, 파랑, 갖가지의 빛깔이 섞인 닭이었는데 송인규가 만들어야 하는 닭은 흰 것이라야 했다. 크란파니는 흰 빛깔의 닭을 조그마한 조롱 속에 넣어가지고 송인규의 암자에 갖다 놓았다.

"닭과 같이 먹고 자고 노십시오. 그 모든 세부를 암송하고 설명할 수 있도록 익숙해야 합니다. 닭과 친하십시오. 당신 어깨 위에 앉아 놀 수 있고, 당신 손바닥 위에 앉아 놀 수 있고, 당신이 부르면 올 수 있도록 닭을 사랑하십시오. 그리고 매일 한 장씩은 닭을 사생하십시오."

그렇게 해서 시작한 닭과의 공동생활이 몇 달 몇 해가 지났는지 송인규에겐 알 수가 없다. 닭이 완전히 송인규의 분신처럼 되고, 그 털 하나하나의 차림새까지 외우게 되었을 때 크란파니는 오늘부터 이 닭을 딴 데로 보내야겠다고 말하며 송인규의 눈을 들여다봤다. 송인규는 닭과의 이별에 가슴이 아팠다. 그래 어떠한 정에도 끌려서는 안 된다는 스승의 엄한 교훈이 있었음에도 불구하고 불각不覺의 눈물을 흘렸다.

"됐습니다."

그 눈물을 보자 크란파니는 웃음을 띠며,

"진정 닭을 치울 때가 되었습니다."

라고 하면서 닭 대신 전신을 비춰볼 수 있는 거울을 송인규의 방에다 걸었다.

송인규는 거울 속의 자기를 보고 놀랐다. 이때까지 자기의 얼굴에 대해서 가지고 있던 이미지와 전연 달랐던 것이다. 약간 벗겨져 올라간 이마도 옛날의 이마가 아니었다.

눈은 움푹 들어가 있었다. 눈동자는 전에 없던 광채로써 빛나고 있었다. 턱에서 귀로 올라간 선이 야무졌다. 몸 전체에서 정기 있는 기품이 풍기고 있는 느낌이었다. 자기 얼굴을 보고 놀라고 있는 송인규를 향해 크란파니는 중얼거렸다.

"좋은 얼굴입니다. 반쯤 마술사가 된 얼굴입니다. 한 가지 일에만 정진하고 있으면 사람은 누구나 아름다운 얼굴을 가질 수 있습니다. 당신이 일본 군대에 있었을 때의 얼굴은 인간의 얼굴이 아니었습니다. 그건 지친 짐승의 얼굴이었고 노예의 얼굴이었습니다. 그러나 이 거울을 가지고 온 것은 당신 얼굴을 보게 하려고 한 것은 아닙니다. 지금부터 대수련이 이 거울과 더불어 시작됩니다."

다음 수련은 거울을 향해 앉아 이미 없어진 닭을 시켜 송인규의 어깨, 머리, 손 위에 앉도록 하라는 것이었다.

"눈물까지 흘린 당신을 생각하면 그 닭이 당신의 부름에 따라 언제든지 당신의 어깨나 머리나 손 위에 와 앉을 것입니다. 와 앉았다는 느낌만으로선 안 됩니다. 당신의 육안으로 저 거울에 비친 당신의 어깨, 머리, 손 위에 와 앉은 것을 보아야 합니다. 이미 없어진 당신의 닭을 저 거울 속에서 당신의 눈으로 보아야 합니다. 역력하게 닭이 보였을 때 내게 연락하십시오."

닭의 세부와 더불어 전체의 윤곽을 동시에 눈앞에 그리면서 거울 앞에 앉아 있었지만 거울에 비치는 것은 송인규의 얼굴 뿐이고 닭은 나타나지 않았다.

마음속에서 어머니를 외우며 닭의 이미지를 쫓길 몇 달이 걸렸는지 몇 해가 흘렀는지 몰랐다. 송인규는 그저 거울 앞에 앉아 있었다.

드디어 그날이 왔다. 새벽에 강엘 가서 목욕을 하고, 다시 거울 앞에 앉았을 때 돌연 그 닭이 송인규의 어깨 위에 앉은 것이다. 그것이 거울 속에 역력히 보였다. 손 위에 와 앉아라! 마음속으로 외쳤다. 그랬더니 손 위에 와 앉는 것이 아닌가. 다시 어깨로 가라! 닭은 다시 어깨로 갔다. 다시 손으로 가라! 닭은 손 위로 갔다.

인레가 아침 식사를 가지고 왔을 때 송인규는 환각에서 깨어났다. 얼굴에선 스콜에 젖은 것처럼 땀이 흐르고 등에 흘러내리는 땀줄기로 옷이 흠뻑 젖어 있었다. 송인규는 너무나도 황홀한 나머지 밥맛을 잃었다.

인레가 뭐라고 전했는지, 크란파니가 급히 암자로 뛰어들어 왔다. 넋을 잃고 있는 송인규를 보자, 크란파니는 덥석 안아 일으켜 세웠다. 말하지 않아도 크란파니는 알아차린 것이다.

"빨리 식사를 하시오. 오늘부터 새 날이 시작됩니다."

환희에 넘친 크란파니의 외침이었다.

그날 오후부터 크란파니는 송인규의 암자에서 인규와 같이 기거하게 되었다. 식사도 같이 하고, 운동도 같이 하고 송인규가 거울 앞에 앉아 있을 때는 그 뒤에 줄곧 서 있었다.

송인규 눈에 보이는 닭을 크란파니도 볼 수 있게 해야 한다는 것이다. 그러자면 송인규는 자기가 본 닭의 모습을 소상하게 설명해야 한다. 소상하게 설명함으로써 자기의 환각을 크란파니에게 전한다. 수련에 있어서의 가장 어려운 과정이다.

송인규는 이젠 뚜렷하게 보이는 거울 속의 닭을 침착한 어조로써 설명했다.

"갈색에 누런 빛이 섞인 주둥이, 끝이 그다지 날카롭지는 않습니다. 그 신월형新月形 주둥이를 타고 올라가면 에메랄드에 붉은 빛이 섞인 듯한 눈동자가 있습니다. 슬픈 듯한 눈동자, 그 언저리에 은회색의 눈썹이 있지요. 머리 모양은 달걀형으로 예쁘고 벼슬은 새빨간 빛깔, 왼편으로 약간 갸우뚱합니다. 곱게 흘러내린 목덜미, 윤택이 나는 하얀 빛깔의 털, 날개를 조금 들썩했습니다. 날개 밑에 밀생한 그 부드러운 털, 털을 통해서도 탐스럽게 살이 찐 몸집을 알 수 있습니다. 꼬리엔 갈색의 반점이 보일락 말락 찍혀 있고, 발은 이 우아한 몸뚱어리에 비해서 어설픕니다. 진회색의 빛깔에다 굵다랗게 금이 겹친 듯한 다리, 한 다리를 올렸습니다……."

이 정도로는 어림도 없었다. 정교한 묘사, 치밀한 설명이 필요했다. 송인규는 날을 따라 정치한 설명을 발굴해야만 했다.

이러기를 몇 달이 지났는지 몇 해가 지났는지 송인규는 알

바가 없었다.

그 다음의 수련은 달걀에서 닭이 나오도록 하는 작업이었다. 왼손으로 달걀을 가리며 나타날 닭에 관한 소상한 설명을 한다. 그 설명을 몇 번이나 되풀이하고 있으면 바른손에 닭이 잡히게 된다는 것이다. 이때까지의 수련에서는 닭의 환각을 눈으로써 만들어야 했는데 이 단계에선 촉감으로써도 느껴야 한다는 것이었다.

많은 시간이 갔으나 땀에 배인 스스로의 손가락이 애달프게 느껴질 뿐 닭의 촉감은 이르지 않았다. 송인규는 환각을 촉감으로써 느끼는 것은 불가능한 일이 아닌가 하는 생각에 떨었다. 눈으로 보는 환각은 꿈을 꾼 경험에서나 회상이 정열로써나 가능하리란 생각이 미리 준비되어 있었지만 촉각으로써의 환각은 전연 경험이 없었다.

전연 경험이 없었다는 사실을 다짐하게 되자, 더욱 불가능하지 않을까 하는 의구가 생겨나고 그 의구 때문에 정신의 집중이 흐려지기도 했다.

명민한 크란파니는 이 위기를 간파했다.

"믿어야 합니다. 불가능하리란 생각을 버려야 합니다. 의구가 있을 땐 절대로 성사가 되질 않습니다. 이 고비를 넘기지 못하면 이때까지의 수련은 죄다 허사가 됩니다. 믿으십시오. 불가능이 없다는 것을 확신하십시오. 당신이 닭을 만졌을 때의 기억을 되살려보십시오. 당신이 일본 군대를 탈출 했을 때의 상황을 생각하십시오. 그것이 가능한 일이었습니까. 그러한 용기가 있으리라고 그전에 상상이나 했습니까. 불가능이 없다는 신념 위에 마술의 탑이 서는 것입니다. 신념을 가지시오. 신념을!"

불을 뿜는 듯한 크란파니의 설교였다.

이 설교가 있은 지 얼마만한 시간이 흘렀는지 모른다. 의구를 씻고 정신을 집중시켜 단좌端坐한 채 몇 밤을 새웠는지 모른다.

정신 집중의 심도가 깊어 식사를 가지고 온 인레가 깨우는 바람에 겨우 의식을 회복한 때도 한두 번이 아니었다.

하지만 험난한 고개를 넘어서면 되는 것이었다. 드디어 송인규는 그 고개도 넘어섰다. 남은 것은 최후의 수련이었다. 최후의 수련이란 스스로가 눈으로 보고 손으로 느낄 수 있는 환각의 닭을 관중에게 보이도록 하는 작업이다. 이것을 크란파니는 환각의 전달이라고 했다. 환각의 전달을 정확하게 할 수 있을 때 비로소 하나의 마술사가 탄생한다.

이때 크란파니가 환각의 전달은 자기가 없어도 자기 마누라인 인레를 상대로 해서도 가능한 일이라고 하면서 그동안 인도엘 다녀오겠다고 했다.

인도에 중대한 사건이 일어났다고 말할 뿐 구체적인 이야기가 없는 것은 수련 도중에 있는 송인규의 정신 통일을 방해해선 안 되겠다는 배려에 그 원인이 있었을 것이다.

그 후 매일매일 인레 상대의 수련이 거듭되었다. 아무리 해도 환각의 전달은 안 되었다. 인레는 언제나 그 큰 흑요석 같은 눈을 진지하게 뜨고 송인규의 손 언저리를 바라보고 있건만 끝에 가선 안타깝게 고개를 저었다. 자기 눈에는 닭이 보이지 않는다는 것이다.

시간이 흘렀다. 건조기가 우기로 접어들고 다시 건조기가 돌아왔다. 그러나 몇만 번을 되풀이해도 환각의 전달은 되지 않았다. 절망에 가까운 생각까지 들었다. 그러나 가련한 인레는 격려의 말을 보내며, 보통 사람으로선 견디지 못할 고생을 성심껏 참고 견디어주었다.

만월의 아름다운 밤이었다. 스콜이 멎고 일진의 바람이 지나가더니 하늘의 구름은 말쑥하게 사라졌다. 이제 막 비에 젖은 나뭇잎 위에 달빛은 미끄러지듯 그윽했다. 시원한 바람을 타고 산속의 꽃향기가 송인규의 암자를 에워싸고 방에까지 흘러들었다.

달빛을 옆얼굴에 받으며 눈을 크게 뜨고 송인규의 손끝을 지켜보고 앉은 인레의 모습은 이 방의 아름다움을 응집해서 만든 선녀와 같았다. 바로 선녀였다.

이상한 영감 같은 것이 송인규의 뇌리를 스치고 가슴속에 설렜다.

이 밤 마지막의 수련이라고 다짐하고 송인규는 달걀을 바른 손으로 옮기며,

"갈색에 누런 빛이 섞인 주둥이……."

하며 자기가 만들어낼 닭의 설명을 해내려갔다. 조용한 방

안에 나지막하게 주워섬기고 있는 인규의 말은 산골 개울의 물줄기가 달빛을 받고 빛나며 흐르는 리듬을 닮았다.

이때였다. 돌연 인레의 입에서 환성이 터져나왔다.

"보였어요. 보였어요. 닭이 보였어요!"

흰 털이 달빛을 받고 은빛으로 빛나는 닭이 인규의 바른손 위에 전아한 모습을 나타냈다. 인규는 그 닭을 한참 동안 지켜보다가,

"히말라야의 신, 강가의 신이여, 신의 섭리를 이어받은 어머니의 은혜여, 이 닭은 천지의 조화가 일순의 조화로 현현한 영물, 이제 원형으로 돌아갑니다."

마지막 주문을 외우고 바른손에 남은 달걀을 소중하게 곁에 있는 항아리에 넣었다.

이로써 송인규의 마술은 그 최후의 수련을 끝내고 완성된 것이다.

법열이라고나 할까. 송인규는 아직 깨지 않는 황홀 속에서 인레를 안았다. 인레도 꿈속에 있는 듯했다. 인레의 팔이 인규의 머리를 안았다. 인규와 인레는 자기들이 지금 무엇을 하고 있는지를 의식하지 못했다.

이러는 동안 송인규는 긴 세월 동안 한 번도 느껴보지 못한 회상과 같은 욕망이 체내에서 솟구쳐 오름을 느꼈다. 이 욕망의 바람이 인레의 젊은 육체에 전달되었음인지 인레의 숨소리는 신음하는 듯 가빴다. 눈을 감은 채 있는 얼굴. 그 긴 눈썹이 만월의 빛을 받아 화사한 얼굴 위에 섬세한 그림자를 엮었다.

우주의 만상이 일체 그 소리를 죽인 것 같았다. 송인규는 자기 가슴속에서 울려 나오는 심장 소리를 거대한 망치로써 성벽을 치는 소리처럼 들었다. 그는 인레의 뜨거운 입술에 자기의 볼을 비볐다.

분류하는 욕망은 출구를 찾아야만 했다. 송인규는 인레의 육체, 그 깊은 속으로 스스로를 함몰시킬 행동으로 옮기고 있었다. 인레의 온몸은 열병을 앓는 사람처럼 뜨거웠다. 그리고 떨었다. 그의 욕망의 첨단이 깊은 곳에서 저항에 부딪히는 것 같았을 때 송인규는 반 광란 상태에 있었다. 광란이 극해 신음 소리와 함께 저항의 벽이 무너지자 인규는 비로소 인레의 깊은 곳에 스스로를 묻었다. 인레의 육체는 환희를 고통하고 고통을 환희하는 반복 속에서 움직였다.

급격한 높이에 이른 욕망이 가라앉자 송인규는 주위를 살폈다. 만월은 피를 머금은 것처럼 보였다. 주위의 산용(山容)이 삼엄한 힐책처럼 다가섰다.

죽은 듯한 인레의 육체를 안아 일으켰을 때 송인규는 하얀 시트의 일부를 물들인 피를 달빛 아래서 봤다. 그는 아까의 저항감을 그 피와 결부시키지 않을 수 없었다. 불현듯 뇌리를 스치는 상념은 '처녀!'. 그러나 그럴 리가 있을 순 없다.

송인규는 인레를 자기 무릎 위에 안아 눕히면서 나지막하게 물었다.

"처녀?"

인레는 보일락 말락하게 긍정의 뜻으로 고개를 움직였다.

"당신은 선생님의 마누라가 아니었소?"

인레는 역시 긍정하듯 고개를 끄덕였다.

"그렇다면……"

인규는 신음하듯 중얼거렸다.

그 밤, 인레는 인규의 품안에서 잤다. 잠들기 전에 인레가 띄엄띄엄 한 말에 의하면 사정은 다음과 같았다.

어릴 때부터 인레는 크란파니의 마누라로 되어 있었으나 육체의 부부는 인레가 스물한 살 되는 생일부터 시작하자고 약속을 했었다. 스물한 살이 되었는데도 육체의 부부가 되지 않은 것은 크란파니가 생명의 은인인 송인규가 생애를 걸고 엄숙한 수련을 하고 있으니 인규의 수련이 끝날 때까지 피차의 몸을 청정하게 갖자고 했기 때문이라고 한다.

송인규는 이제 만사가 끝난 후, 그 깊은 크란파니의 마음을 알아보니 가슴이 떨렸다. 그러나 후회하지 않았다. 인레에의 사랑이 너무나 거세게 인규의 가슴을 부풀게 하고 있었기 때문이다.

이젠 수련도 끝났다. 기분이 내키면 연습만 하면 되는 것이다. 송인규는 인레와의 사랑에 몰두하면 되었다. 인레의 송인규에 대한 사랑도 날과 더불어 자랐다. 송인규와 인레는 크란파니가 돌아오면 솔직하게 고백할 각오를 했다. 크란파니의 충격을 생각하면 마음이 아팠지만 이와 같은 행복을 얻기 위해선 그보다 더한 것도 희생할 수밖에 없다고 인규는 생각했다. 다짐했다.

크란파니가 돌아왔다. 송인규가 수련 결과를 알리자, 그는 기쁨을 감추지 아니했다. 그리고 환각의 전달을 확인하고 나서,

"앞으로 몇 가지 요령만 더 가르치면 되겠지만 혼자서 수련할 수도 있으니 곧 고국으로 돌아가는 게 좋을 것입니다."

하고, 크란파니는 그날로 만달레이에 나갔다. 송인규는 귀국을 위한 여러 가지 준비가 필요하다면서 일주일은 걸릴 것이라고 했다.

귀국! 반가운 일이긴 했다. 그러나 인레를 어떻게 하면 될까. 송인규는 고민하지 않을 수 없었다. 크란파니는 여전히 따뜻하게 대해주었지만 긴 여행 끝에 집으로 돌아와 하룻밤도 묵지 않고 다시 만달레이로 간 데는 그 영리한 육감으로 인레와의 관계를 눈치챈 데 그 원인이 있는 성싶었다.

인규는 인레더러 같이 가자고 했다. 하루 동안을 생각한 끝에 인레는 같이 떠나겠다고 했다. 크란파니의 마누라가 될 자격을 이미 상실한 때문도 있지만 송인규와의 사랑이 더 절실하다는 이야기였다.

송인규의 양복, 내복, 구두 일체를 장만하고 귀국하는 데 필요한 서류까지 갖추어서 크란파니가 돌아온 것은 정확하게 일주일 후였다. 돌아오자마자 크란파니는,

"귀국하길 작정했으면 하루라도 빠른 것이 좋으니 내일 아침 이곳을 떠나도록 하십시오."

라는 듣기엔 독촉 같기도 한 말을 했다.

그날 밤 송별의 만찬이 있었다. 고백할 기회와 인례를 데리고 갈 의사를 표명할 기회를 찾고 있는 송인규에겐 안절부절 못한 시간이었다. 그러나 크란파니는 좀처럼 그런 기회를 주질 않았다. 미리 알고 있으면서 고의로 그런 기회를 봉쇄하는 것 같은 느낌도 없지 않았다. 크란파니는 감개무량한 어조로 다음과 같이 말을 했다.

"당신이 이곳에 온 지 벌써 십 년이 되었습니다. 지금이 1953년 3월입니다. 미얀마도 독립했고, 우리 인도도 독립했고, 당신의 나라도 독립을 했습니다. 그러나 슬픈 일이 있었습니다. 우리 인류의 지도자이며 인도의 영도자이신 마하트마 간디가 1948년 1월 30일, 흉적의 흉탄을 맞고 세상을 떠났습니다. 그리고 우리 인도가 독립했다고는 하나 통일된 독립을 하지 못하고 파키스탄과 분열된 독립을 했습니다. 앞으로의 문제가 심상치 않습니다. 당신 나라도 38선으로 남북이 갈라졌습니다. 갈라진 채 독립을 했는데 그것이 화근이 되어 3년 전부터 전쟁 상태에 있습니다. 그러니 당신은 곧 고국으로 돌아가지 못할 것입니다. 일본쯤에 머물러 있다가 전쟁이 끝나거든 돌아가도록 하십시오. 하루빨리 당신의 나라에 평화가 오도록 빌겠습니다."

다음엔 마술에 대한 주의가 있었다.

"앞서 보았겠지만 화분에 씨앗을 뿌려 순식간에 꽃을 피우는 마술도 역시 환각의 전달입니다. 어떤 꽃이건 하나를 정해서 꽃잎 하나하나의 소상한 무늬까지 외우도록 해서 먼저 스스로의 환각을 확인해야 합니다. 다음은 닭의 마술과 같은 요령입니다. 충분한 수련이 되어 있으니까 정진만 하면 일 년 안걸려 그 마술도 마스터할 수 있을 것입니다. 로프를 거슬러 올라가는 마술은 실제로 로프를 타는 기술부터 연마해야 하니까 어려울 것이니 단념해야 합니다. 닭의 마술, 꽃의 마술, 두 가지면 훌륭한 마술사로서 행세할 수 있고 다음은 스스로가 창안해서 좋은 기술을 엮을 수가 있을 것입니다. 꼭 주의해야 할 것은 닭의 마술을 할 땐 달걀을 잘 선택해야 합니다. 언제나 열 개쯤 준비하고 있다가 사전에 어머니의 이미지를 눈앞에 떠오르게 하고 그 어머니가 가리키는 달걀을 가지고 행하도록 하시오. 술중術中에 수탉이 나타나면 당신에게 커다란 불행이 닥칠 것이니 조심해야 합니다. 어머니가 알려준 달걀이면 절대로 그런 일이 없을 것입니다. 그리고 한 번 쓴 달걀은 두 번 쓸 수 없다는 것도 명심해야 합니다. 당신이 없었더라면 인도의 독립도 보지 못했을 것을 생각하면 생명의 은인에게 대한 나의 성의가 모자라지나 않았나 하고 두렵습니다. 그러나 살아 있는 한, 아니 죽어서라도 당신을 잊을 순 없을 것입니다."

고백할 기회를 놓친 채 송인규는 암자로 돌아왔다. 이 카타에서의 밤도 마지막이라고 생각하니 감회가 벅찼지만 인레의 문제가 마음속에 걸려 잠을 이룰 수가 없었다.

떠나는 날 아침, 인레가 식사를 가져왔다. 어젯밤 어떻게 했느냐고 물었더니 종전과 조금도 다를 바 없이 다른 방에서 따로따로 잤다고 하고, 얘기할 기회를 갖지 못했으니 송인규가 떠나기 전에 꼭 강단을 내야 한다는 말이었다.

식사를 마치고 크란파니를 찾았다.

크란파니는 송인규에게 1,000차트, 한국 돈으론 당시 백만 환 이상의 돈을 주며 엄숙한 표정으로 말했다.

"곧 떠나십시오. 그리고 인레를 데리고 가십시오. 어젯밤 얘기할까 했지만 그 뒤의 분위기가 인레를 위해서나 당신을 위해서나 또 나를 위해서나 고통스러울 것 같아서 보류하기로 한 겁니다. 인레의 여권까지 준비가 되어 있으니 수월하게 일본까지는 인레를 데리고 갈 수 있을 겁니다. 그 뒤는 당신이 알아서 고국엘 같이 갈 수 있도록 조처를 하십시오."

그러곤 인레를 불렀다.

"내가 이 세상에서 가장 사랑하고 고이 간직했던 인레를 내가 가장 큰 은혜를 입은 당신에게 선사할 수 있게 된 것을 행복하게 생각합니다. 당신에게라면 나는 어떠한 것도 아깝지 않습니다. 내 생명이 필요하다면 드릴 각오도 있습니다. 인레는 내 생명 이상입니다. 그러한 한 가지 서약은 받아놓아야 하겠습니다. 내 생명을 드릴 때는 서약이 필요 없겠지만 내 생명 이상의 생명이니 나는 꼭 당신에게서 서약을 받아야 하겠습니다. 이 서약은 지고지대한 섭리의 신 앞에 하는 서약입니다. 만약 이 서약을 어기면 죽음 이상의 파멸이 온다는 걸 각오해야 합니다. 서약이란 다른 것이 아닙니다. 앞으로 어떤 일이 있더라도 인레 이외의 여자를 알아선 안 된다는 것입니다. 인레가 이 세상에서 없어지든, 인레가 어떤 행동을 취하든 마찬가지입니다. 인레 이외의 여자를 알아선 안 된다는 뜻을 아시겠지요?"

"알겠습니다."

"그럼 서약할 수 있겠습니까?"

고백할 여유를 주지 않고 이렇게 처리하는 크란파니 앞에서 송인규는 감히 얼굴을 들 수가 없었다. 송인규는 고개를 떨군 채 나지막하게 말했다.

"서약하겠습니다."

"내 얼굴을 똑바로 보고 다시 한 번 서약하십시오."

송인규는 얼굴을 들었다. 크란파니의 눈이 쏘는 듯 인규의 시선과 부딪혔다. 혜지와 우수가 섞인 눈, 신비롭다고밖엔 달리 표현할 수 없는 눈에는 체관한 것 같은 고요함과 통곡을 참는 것 같은 슬픔이 고여 있었다.

"인레 이외의 여자를 알지 않을 것을 서약합니다."

"좋습니다."

시원한 아침 공기 속인데도 크란파니의 이마에는 구슬 같은 땀이 솟아 있었다. 크란파니는 조용히 인레에게 눈을 옮겼다.

"인레여, 내 사랑하던 인레여! 이 젊은이를 지구 끝까지라도 따라가서 성심과 성의를 다해 사랑해라. 사랑해라. 너의 사랑 받을 자질과 인격과 용기를 가진 사람이고 그도 또한 너를 사랑할 것이다. 지금 네가 가는 나라는 불행하지만 네가 그 나라의 백성이 될 땐 이 청년을 도와서 그 나라에 봉사하길 잊지 말아라. 아들딸을 낳거든 애국하는 사람으로 만들고 인류를 사랑하고 이웃을 사랑하는 마음과 용기를 갖도록 가르쳐라. 세계에 평화가 오면 나는 너를 데리고 세계 각국을 방문해서 내가 받는 갈채를 네게 선사하려고 했었는데 그 일까지도 이 청년이 맡아줄 것으로 믿는다. 가거라! 인레! 신의 뜻을 거역할 수가 없다."

카타에서 배를 탔다.

크란파니는 박아놓은 말뚝처럼 배 가는 방향을 보고 서 있었다. 인레는 몸부림치며 소리를 터뜨리지 않으려고 애를 쓰며 울었다. 인레의 몸부림이 크란파니의 심증에 어떠한 폭풍을 불러일으킬 것인가를 생각하니 안타까웠다. 크란파니의 흰 터번이 시야에서 꺼지자 송인규는 깊은 숨을 내쉬었다. 철쇄로 묶은 속박에서 풀려나온 것 같은 안도감, 허탈감이었다.

송인규는 언제 다시 볼 수 있을지 모르는 산하에 눈과 마음을 쏟기로 했다. 십 년이나 살던 곳이 아니냐.

푸른 하늘, 창창하게 양안 가득히 흐르는 강물, 조금 가니 정글이 나타났다. 정글에선 화려한 빛깔의 새들이 날고 있었다. 원숭이의 무리들이 끽끽거리며 이 나무에서 저 나무로 건너고 있었다. 강가에 있다가 배를 보자 밀림 속으로 쏜살같이 뛰어들어가는 사자도 볼 수가 있었다. 긴 코를 물에 담그고 한가하게 서 있는 코끼리도 있었다. 곳곳에 그로테스크한 악어의 대가리도 보였다.

밤이 되니 하늘 가득하게 찬란한 별들이 남국의 정서에 서려 있었다. 하룻밤을 지나 만달레이에 이르렀다. 만달레이. 십년 전 새벽의 탈주가 선명하게 송인규의 뇌리에 차례차례로 인화되어갔다. 열쇠를 훔칠 때의 그 심했던 가슴의 동계, 전화를 걸 때의 공포, 영문을 돌파할 때의 그 전율, 그처럼 뽐내던 일본군은 모두들 어떤 꼴을 하고 만달레이를 떠났을까. 히로카와라는 중위는 살아서 고국에 돌아갔을까.

하여간 그 새벽의 탈주가 없었더라면 크란파니도 없고 인레도 이렇게 송인규 곁에 있을 수도 없고, 항차 마술사 송인규가 존재할 까닭이 없다.

송인규가 이런 회상을 이야기하자, 인레는 감격해서 그의 가슴에 얼굴을 묻었다.

사강과 아바를 지날 적에는 십 년 전의 이야기를 했다.

중부 미얀마에 들어서자 한동안 사막이 나타났다. 풀 한 포기 없는 황량한 사막에 간혹 괴상한 암괴가 나타나기도 했다. 암염의 덩어리라고 했다. 그리고 곧 전개되는 일망 무진의 청전靑田이 연속되는 곡창 지대.

양곤에 도착한 것은 카타를 떠난 지 꼬박 팔 일 만이었다. 송인규와 인레가 홍콩으로 가는 배를 타기 위해선 약 일주일을 양곤에서 기다려야 했다.

그 일주일 동안이 송인규의 일생에 있어서 가장 행복한 시간이었다. 둘이는 낮이면 파고다 구경을 다니고 밤이면 극장엘 갔다. 모든 풍경이 송인규와 인레를 위해서 장만된 것처럼 즐거웠다.

홍콩으로 가는 배를 타야 할 그날의 아침, 인레는 돌연히 마음의 평정을 잃었다. 어젯밤까지 그처럼 상냥하고 활발했던 인레가 침통한 표정을 지으며 안절부절을 못했다. 그러더니 배를 타러 부두까지 갔을 때 인레는 울음을 터뜨렸다.

"난 미안마를 떠나지 못하겠습니다. 크란파니를 그냥 두고 갈 수가 없습니다."

송인규는 인레의 돌변한 태도에 어쩔 줄을 몰랐다. 웬만한 설득을 가지고 될 것 같지도 않았고, 그렇다고 해서 인레를 미안마에 두고 떠난다는 것은 상상조차 할 수 없었다.

"크란파니의 발을 씻고 한평생을 지내도 좋습니다. 노예로 지내도 좋습니다. 그러나 난 당신을 사랑합니다. 떠나지 맙시다. 이곳에서 삽시다."

인레의 광란에 가까운 태도를 보고 송인규는 크란파니와 인레와의 관계를 얼핏 생각해보았다. 이십 년 동안을 지내오는 동안 그들을 이은 유대란 운명보다 더 강한 것이 아니었을까, 하는 생각이 들었다. 남녀의 사랑을 초월한 보다 숭고하고 보다 강한 사람의 유대로서 두 사람은 묶여 있는 것이 아닌가, 그런 생각도 들었다. 그렇다고 해서 송인규는 비켜설 생각은 조금도 갖지 않았다. 인레와 같이 있기 위해선 자기 스스로 크란파니의 종이 되어도 좋다고까지 생각했다.

송인규는 미안마를 떠날 생각을 단념할까 했다. 하지만 이 기회를 놓치면 영영 조국엔 돌아갈 수 없을 것이란 절망감에 사로잡히자, 허황한 눈으로 자기가 타야 할 배를 바라보지 않을 수 없었다.

인레의 마음은 갈기갈기 찢어질 것 같았다. 송인규와 같이 떠나고 싶은 생각과 남아야 한다는 생각과 송인규도 못 떠나게 해야 한다는 생각과 그럴 수도 없다는 생각 사이를 헤매고 있는 듯싶었다.

"사랑해요. 당신을 사랑해요. 그러나 나는 크란파니를 두고 떠날 수는 없습니다."

이와 같은 딜레마에 빠진 인레를 보고 송인규는 나만이라도 진정해야겠다고 마음을 가다듬었다.

'나 혼자 떠나자. 그리고 곧 미얀마로 돌아오면 될 게 아니냐.'

뒤에 생각했을 때 이것이 커다란 함정이었다. 하지만 그때 송인규가 이미 어머니가 돌아가셨다는 사실을 알고만 있었더라면 이러한 함정에 빠지지는 않았을 것이다.

"인레!"

송인규는 인레의 어깨를 안으며 조용히 말했다.

"당신은 크란파니 선생에게로 돌아가라. 그러나 당신은 어디까지나 나의 마누라다. 나의 사랑이다. 선생님도 너를 마누라로선 맞아주지 않을 것이다. 시종하는 종으로서 선생님을 모셔라. 나는 고국에 갔다가 곧 돌아올 게다. 돌아오고야 말 게다. 인레를 위해서. 우리의 사랑을 위해서."

인레는 눈물어린 눈으로 송인규의 눈을 한참 동안이나 들여다보았다. 송인규의 마음을 알아보려는 듯이. 꼭 돌아온다는 그 말이 믿을 수 있는 말인지를 확인해보려고 하는 노력이 예쁜 얼굴에 역력히 나타났다.

"꼭 돌아오시지요?"

"돌아오고말고."

인레는 와락 송인규를 껴안았다.

"꼭 돌아와야 해요. 돌아오셔야 합니다."

송인규는 트랩을 오르고 인레는 부두에 남았다. 인규가 배 위에서 손을 흔들어 보이자 인레는 그 자리에 쓰러지듯 주저앉아버렸다.

배가 기적을 울리며 떠나기 시작했다. 인레는 두 팔을 배 쪽으로 내밀면서 울부짖었다. 인규는 입술을 깨물면서 통곡을 견디었다.

'정말 내가 다시 미얀마에 돌아올 수 있을까. 인레를 다시 만날 수 있을까.'

이에 생각이 미치자 인규는 미칠 것 같았다. 고국엘 갔다가 다시 온다는 말은 왜 했는가 후회가 되었다. 만약 그 말만 안 했던들 최후의 순간엔 인레가 배를 탔을 것이 아닌가 하는 생각조차 들어 자기 가슴을 조각조각 쥐어뜯고 싶은 충동에 휘말렸다.

청춘을 묻은 미얀마, 처음이고 마지막인 사랑인데. 송인규의 시야엔 아무런 풍경도 비치질 않았다. 그는 홍콩에 도착할 때까지 거의 정신 착란 상태에 있었다. 겨우 그를 지탱한 것은 일 년, 늦어도 이 년 후엔 인레를 찾아오리란 지극히 막연하고도 애매한 희망 때문이었다.

홍콩에서 송인규는 처음 흥행을 했다. 호텔 명부에 마술사라고 기입한 것이 계기가 되어 호텔 측의 요청을 받고 어떤 만찬회의 여흥에 참례했다. 송인규의 마술은 절찬을 받았다. 그 보수는 호텔 비용을 치르고 일본까지의 비행기표를 사고도 남을 정도였다. 직업 마술사로서의 시작은 대성공이었다.

그 그늘엔 유머러스한 일도 있었다. 송인규가 마술을 할 때 신문 기자들이 사진을 찍었다 그랬는데 현상을 해보니 제스처를 쓰고 있는 송인규만 있고 닭이 보이지 않았다. 신문 기자들은 엉터리가 아니냐고 송인규를 회견 석상에서 힐난했다. 송인규는 위엄을 갖추고 딱 잘라 다음과 같이 말했다.

"마술이란 환각의 전달이요. 나는 카메라의 눈에까지 환각을 전달할 순 없소."

홍콩에서 일본으로 갔다. 송인규는 일본에서 한국의 동란이 끝나길 기다릴 참이었다. 그동안에 이때까진 용어로 영어나 일본어를 써왔으나 한국말을 사용하는 마술을 익히고 동시에 '꽃의 마술'을 수련할 예정을 세웠다. 그러나 일본에서의 나날은 예상 외로 바빴다. 이곳저곳에서 초청이 왔다. 인기가 나게 되자 닭의 마술 하나 가지고는 부족하다는 느낌이 없지 않았으나 꽃의 마술을 수련할 겨를이 없게 되었다. 술도 마시게 되고 그러자니 생활 자체가 점점 해이하게 되어갔다. 인레에의 모정이 없어진 것은 아니나 이별의 고통은 날이 감에 따라 무마되어 갔다.

이러한 어느 날 사건은 오사카에서 발생했다. 전날 밤 술이 얼근하게 취한 그 기분으로 거리의 여자와 잠자리를 같이했다. 미얀마를 떠난 후 여자와 잠자리를 같이한 것은 이때가 처음이었다. 아침에 일어나니 기분이 좋질 않았다. 주취에서 오는 고통이 겹쳐 걷잡을 수 없는 불안감에 사로잡혔다. 흥행은 하오 1시에 있었다. 송인규는 목욕을 하고 한 꾸러미 달걀을 탁자 위에 놓고 어머니의 이미지를 염두에 떠올리려고 했다. 웬일일까. 그날따라 어머니의 이미지가 자꾸만 변하고 흐려졌다. 몇 시간이 걸려도 정신 집중이 안 되었다. 시간이 다가왔다. 송인규는 달걀 꾸러미를 무대 뒤에까지 가지고 왔다. 송인규는 아무 거나 하나를 골라 들고 무대로 나갔다.

주문을 외우고 마음속에서 부르면서 달걀을 관중들 앞에 보이고 나서 지금 곧 나타날 닭의 모양을 설명하기 시작했다. 환각이 흐트러진 것 같은 느낌에 초조했다. 그러나 닭은 서서히 나타나기 시작했다. 그 때 송인규는 자기도 모르게 "악!"소리를 질렀다.

나타난 닭은 수탉이었다. 수탉이 나타나면 화가 닥친다는 크란파니의 말이 뇌리를 스치자 현기증이 났다. 정신을 가다듬었다. 그 수탉의 눈, 그 눈은 카타에서 마지막 이별을 할 때 크란파니가 송인규를 바라보던 바로 그 눈이었다. 슬픔을 머금은 듯한 그 눈, '인레 외에 다른 여자를 알아선 안 된다'는 서약이 되살아났다. 모두가 순식간의 일이었다. 송인규는 왼편 눈을 예리한 주둥이에 의해 칵 찍히는 것 같은 아픔을 느끼자,

두 손으로 눈을 가렸다. 쥐고 있던 달걀이 이마에 부딪히고 그 달걀에서 나온 액체가 왼편 눈에서 나온 검붉은 피에 섞여 송인규의 앞가슴에 흘러내렸다.

송인규가 의식을 회복한 것은 어느 안과 병원에서였다. 의사는 백만 명 가운데 한 번 있을 수 있는 사례라고 했다. 심한 정신적 충격이란 이유밖엔 그 돌발 사건을 설명할 선례와 재료가 없다는 것이다. 송인규의 왼쪽 눈은 완전히 실명하고 말았다.

실명한 후 송인규는 하숙방에 칩거하며 크란파니에게 용서를 빌었다. 용서를 받기 전 마술을 할 생각은 완전히 없어졌다. 낮이고 밤이고 송인규는 크란파니의 이미지를 찾았다. 그리고 용서를 빌었다. 그러나 눈앞에 나타나는 크란파니는 이별의 아침 송인규를 바라보던 엄숙한 그 얼굴이며, 한다는 말은 '이 서약을 어기면 죽음 이상의 파멸이 온다는 걸 각오해야 한다'는 선언일 뿐이었다.

날이 가고 달이 갔다. 한국의 동란은 끝났다고 들었다. 크란파니의 용서를 얻어 다시 마술을 시작해서 성공한 사람으로서 귀국하려는 희망은 버려야 했다. 수중에 돈은 떨어지고 거지의 몰골이 되었다. 송인규는 구걸하듯 여비를 마련해서 고국으로 가는 배를 탔다.

크란파니의 용서가 내린 것은 그 배 위에서였다. 거지의 꼴로서 돌아가면 어머니의 마음이 어떠하실까, 하고 상심에 젖은 마음으로 아득한 수평선을 바라보며 송인규는 크란파니 선생을 불렀다. 이상한 일이었다. 지난 일 년 동안 그렇게 나타나기 힘들었던 크란파니가 이웃 방에서 나타나듯 선명한 이미지로서 송인규 앞에 섰다. 용서를 비는 송인규의 머리를 쓰다듬는 듯한 크란파니의 얼굴엔 수심이 있었지만 동시에 미소도 있었다. 그리고 짤막하게 말했다.

"용서한다. 코리아의 친구여!"

십삼 년 만에 돌아온 고국이었다. 23세에 고국을 떠나 36세에 돌아온 셈인데 오사카의 사건 이후 송인규는 눈에 보이게 초췌해졌다. 누구도 36세로 보는 사람은 없었다. 50 가까운 사람으로 봤다.

고향에 돌아와보니 어머니를 위시해서 위의 형들은 모두 세상을 떠났고, 아우는 동란 통에 죽었는지 살았는지 행방을 모른다는 것이다. 남아 있는 조카들의 생활은 말이 아니었다. 겨우 몸을 붙일 만한 것이라야 사촌 동생의 집이었다. 사촌 동생과는 인규가 지원병으로 가기 전 각별히 의좋게 지낸 사이이기도 했다. 그 사촌 동생 집에서 농사를 거들며 삼 년을 지냈다. 가난한 집에 얹혀살자니 그저 딱하기만 했으나 자기가 마술을 했다는 이야기를 하지도 않았고 또한 할 생각도 없었다. 이러한 정황 가운데 사촌 동생의 아내가 병석에 눕게 되었다. 급히 수술을 해야만 할 병이라고 했다. 삼십만 환쯤 있어야 급한 빚을 갚고 사촌 계수의 병 치료를 할 수 있는 사정이었다.

송인규는 지원병 시절 비교적 잘산다고 들은 친구들의 이름들을 기억 속에서 캐내려고 했다. 그 가운데 한 사람이 K읍에서 산다는 옛 기억을 더듬어 인규는 K읍에까지 갔다. K읍에 가보니 그 친구는 사변 통에 처참한 죽음을 당했다는 이야기였다. 그때의 낙망이란 이루 형언할 수 없었다. 실신한 사람 모양 거리를 헤매고 있는데 눈에 뜨인 것이 '해동 서커스'의 깃발이었다. 송인규는 달걀 가게 앞에 가서 우두커니 섰었다. 어머니의 이미지가 나타나 달걀 하나를 가리켰다. 달걀을 하나 사들고 송인규는 '해동 서커스'의 단장을 찾았다. 마술을 다시 시작할 각오를 한 것이다.

송인규의 이야기는 여기서 끝났다. 나는 다음 몇 가지를 물어보지 않을 수 없었다.

"그래 단장 앞에서 한 마술은 썩 잘되었단 말이지요?"

"그랬습니다."

"그럼 왜 여기 와선 하지 않았죠?"

"부끄러운 얘깁니다만 K읍에서 단장한테 돈을 받지 않았습니까. 우편국에 가서 그걸 사촌에게 보내놓으니 아주 마음이 가벼워졌습니다. 그래 조금 남긴 돈을 가지고 어떤 주막집엘 들렀지요. 오래간만에 마신 술이라 기분 좋게 취했습니다. 취한 김에 그날 밤 그 주막에 있는 여자허구 또 외도를 했습니다. 아침에 일어나 지난 밤의 일을 생각하니 등골이 오싹하는 느낌이었습니다. 도망을 갈까 했지만, 다시 크란파니 선생께 애걸하면 되지나 않을까 하는 막연한 기대가 있었고 게다가 그처럼 좋아 날뛰는 단장 내외분을 배신하기 싫었습니다. 기가 막힙디다. 이대로 마술을 했다간 틀림없이 수탉이 나올 것 같았습니다. 남은 눈 하나 실명하는 것이 두려운 게 아니라 그 눈, 닭의 눈을 상상하니 겁에 질렸습니다. 나는 그때부터 크란파니 선생님의 모습을 그리며 다신 그런 일이 없을 거라고 다짐하며 용서를 빌었지요. 그러나 선생님의 이미지 자체가 흔들리는데다가 나타나서도 그 슬픈 눈과 엄한 모습뿐으로 그냥 사라져버렸습니다. 이곳에 오니 비가 오지 않겠습니까. 나는 살았다고 생각했지요. 그동안에 용서를 빌 수도 있을 거라고 해서 말입니다. 그러나 소원은 이루어지지 않았습니다. 환장할 지경이었습니다. 그때 국민학교에서 마술을 하라는 청을 받았으니 내 마음은 어떻게 되었겠습니까. 단장의 부인이 간청을 할 때 공연히 돈을 가지고 떼를 썼지요. 거절할 이유가 없으니 할 수 없는 수작이었지요. 그러면서도 눈을 감은 채 크란파니 선생을 마음속에서 부르고 있었습니다. 그러나 허사였습니다. 나는 수탉이 나와 나의 남은 눈이 실명하는 위험을 무릅쓰고라도 할까 하고 몇 번이나 마음을 다져보았습니다. 그러나 마술이란 환각의 전달인데 그런 상황으로선 수탉도 나오지 않을는지 모른다는 의구가 생겨나지 않겠습니까. 그때의 나의 마음은 지옥이었습니다. 죽음보다 무서운 파멸이란 뜻을 처음으로 알게 되었습니다. 단장과 단원에게 인간 아닌 사람이 되고, 게다가 생면부지의 선생님에게까지 누를 끼치게 하고 크란파니 선생의 고귀한 은혜를 짓밟고 인레에의 사랑을 모독했으니 나는 죽어 마땅한 인간입니다."

"그런 얘기를 미리 했다면 봉변을 당하지 않았을 것 아니오?"

"이런 얘기를 할 수 있어요? 결국은 하기 싫으니까 둘러대는 변명이라고만 생각했지 별 수 없었을 것 아닙니까. 난 봉변이라고 생각하지 않습니다. 당연한 벌이라고 생각하고 있습니다."

밤이 깊었다. 옆방의 곡마단원들도 모두들 잠이 든 모양이다. 나는 돈 일만 환을 꺼내 노자라도 하라고 주고 그 고난의 역정을 헛되게 하지 말라고 일렀다. 송일규는 공손하게 인사를 하고 일어섰다. 일어서는 송인규를 보고 하마터면 잊을 뻔했던 것을 물었다.

"그런데 그 히로카와 중위라는 사람의 소식을 알아보았소?"

"알아볼 필요조차 없습니다. 굉장히 높은 사람이 되어 있습니다."

이렇게 답하는 송인규의 입 언저리에 쓴웃음이 번졌다. 나는 이 이야기를 몇몇 친구에게 했다. 그랬는데 그중의 한 친구가 나에게 되물었다.

"그래 넌 마술을 봤느냐?"

"남은 한 눈을 마저 잃을까 봐, 아니 무어라 형언할 수 없는 겁에 질려 있는 사람을 보고 마술을 하라고 할 수 있었던가."

이렇게 답을 하니까, 그 친구는 썩 잘 꾸며진 이야기이긴 한데 아무래도 네가 한 수 넘은 것이라고 한다. 그 친구의 말은 말도 없는 곡마단에서 비에 갇혀 밥값을 치를 방도가 없게 되었으니 돈푼이나 있어 보이고 인심이 좋을 성부른 너를 이용하기 위해 그런 연극을 꾸몄을 거라는 것이다.

"며칠 같은 집에 있었으니까 너라는 인간을 주인에게 들어서라도 대강 짐작했을 것 아냐."

하지만 송인규란 사람의 인품이나, 단장과 단원들의 서슬이나, 송인규가 한 이야기의 결구와 밀도를 보면 틀림없는 사실이고(나는 아직도 아니 시간이 갈수록 송인규의 이야기가 진실이라고 생각한다) 그리고 그처럼 세상과 사람을 의심한대서야 어디 살맛이 있겠느냐고 했더니 그 친구의 결론은 다음과 같았다.

"그러니까 그게 바로 마술이란 말이다. 환각의 전달이란 말이다. 마술은 화술이라고 하더라며? 그런 뜻에서 송인규란 자는 틀림없는 마술사란 말이다."

겨울밤

어느 황제의 회상

"바보스러워야 황제가 될 수 있다. 그렇다고 해서 영리한 구석이 있어서 안 된다는 말은 아니다. 시대를 착오하면서도 시대를 앞지르고 있는 것처럼 환각에서 벗어나지 못한다. 낙천적이면서 염세적이고, 퓨리턴처럼 금욕적이면서 플레이보이처럼 향락적이기도 한데 슬퍼도 슬픈 표정을 짓지 못하는 것은 희극 배우를 닮은 비극의 주인공인 까닭이다. 하늘 아래 어느 누구이고 황제 아닌 사람이 있을까만 대개의 경우 사람은 감옥 속에 유폐되어서만 스스로가 황제임을 깨닫게 된다. 자기의 운명을 인류의 운명과 결부시켜 명상하는 황제다운 습성을 익히고 번거로운 생활의 늪에 분실해버린 역사상의 자기 좌표를 되찾아 황제다운 고독을 오만하게 침묵할 줄 알게 되기 위해서도 사람은 감옥이란 이름의 궁전에 거처를 찾아보아야 하는 것이다."

이러한 잠꼬대 같은 말을 쓰기 위해서는 겨울 밤은 깊어야
한다. 겨울 밤은 길다……

맥락도 없이 정열도 없이 기왕의 일들이 토막토막 캄캄한
무대 위에 그곳만 스포트라이트로써 조명한 장면처럼 뇌리에
명멸하는 시간이 하염없이 흐른다. 라이트의 빛깔은 화려한
추억처럼 핑크빛이기도 하고 때론 회한을 닮아 앰버 블루의
음울한 빛이기도 하다. 간혹 기적 소리가 들려선 삼십 년 전 만
주의 어두운 광야에 울려퍼졌던 기적 소리와 겹치고, 창틀을
흔드는 바람 소리는 감방의 철창에 흐느끼듯 하던 십 년 전의
바람 소리와 겹친다. 십 년 전 나는 어떤 냉동고보다도 1도쯤
낮은 추운 감방에서 외로운 황제란 의식을 콩알만한 호롱불처
럼 돋우고 그 호롱불의 온기로 해서 빙화를 면했다. 그런데 지
금 나의 방엔 스토브가 활활 타고 있다. 말하자면 호사로운 노
예가 쓸쓸한 황제 시절을 그 스토브의 덕분으로 회상하고 있
는 셈이다.

그 무렵 나는 레인저 4호가 월세계에 착륙했다는 소식을 들
었다. 4월에 있은 일을 12월에 들었으니 결코 빠르다고 할 수
있는 정보는 아니다. 나는 황제가 듣는 정보는 언제나 그처럼
늦어야 하는 것이라고 속으로 웃었지만 한편 노여움을 느꼈
다. 세인트헬레나에 갇힌 몸으로 돼먹지 못한 놈들이 프랑스
를 함부로 요리하고 있다는 소식을 들었을 때의 나폴레옹의

노여움과 비슷한 노여움이라고 못 할 바는 아니었다. 나는 은근히 내가 황제라면 영유할 수 있는 유일한 영토는 월세계일 것이라고 믿고 있었던 것이다. 이렇듯 엉뚱한 생각을 가꾸며 일 년 남짓 더 그곳에 있다가 십 년의 형기를 이 년 칠 개월 만에 끝내고 나는 풀려나왔다. 친구들은 십 년의 형기를 이 년 칠 개월에 졸업했으니 굉장한 수재라고 갈채를 보내왔지만 실상은 황제가 평민으로 격하된 것뿐이다. 우리들끼리는 서대문 교도소를 '서대문 아카데미'라고 하고 줄여 '서 아카데미'라고만 해도 통한다. 다른 종류의 사람들은 현저동 1번지라고 한다. 그러나 내 개인에 있어선 서대문 교도소는 언제나 두고 온 궁전이다.

두고 온 궁전! 그런데 그 궁전의 의미가 노정필盧正弼에겐 어떤 빛깔을 띠고 있을까. 노정필은 무기형에서 감형된 이십 년의 형기를 꼬박 채우고 이 년 전에 출옥한 사람이다. 나의 경험으로 치면 그는 이십 년 동안 제왕학을 익힌 셈이다. 제왕학을 철저하게 익힌 탓인지 그는 말이 적다. 말이 적은 것이 아니라 도시 말을 하지 않는다. 처음 만나는 사람에겐 물론이고 모처럼 그를 찾아간 옛 친구에게도 인사말 한마디 없다. 입을 다물고 멍청히 한순간 상대방을 바라보다가 시선을 엉뚱한 방향으로 돌리곤 석상처럼 앉아 있을 뿐이다. 부인의 말에 의하면 출옥 이래 이날까지 자기에게도 한마디 말이 없었다고 한다. 그래 가지고 어떻게 사느냐고 물었더니 곁에 없을 때에도 살았고 말하지 않아도 그의 생각을 알 수가 있다는 부인의 대답이었다.

　몇 달 전에 작고한 스웨덴의 구스타브 왕도 퍽이나 말하지 않기로 유명한 사람이지만 그런 국왕도 일 년에 한 번 한마디씩은 한다고 들었다. 구스타브 왕은 스웨덴 왕실이 연례행사로서 베풀어오던 노벨상 수상자 초대연에서만은 꼭 한마디 한다는 기록이 있다. 펄벅 여사에게 대해선 말했다.

　"나의 테니스 코치나 나의 대신들은 꼭 같은 충고를 합니다. '폐하, 조금쯤 왼편으로 서십시오' 라고요."

　윌리엄 포크너에 대해서는

　"아직도 미시시피의 도박사가 있습니까."

하고 물었고 알베르 카뮈에겐

　"자동차보다는 마차가 낫다."

라고 밑도 끝도 없는 말을 했다는데 카뮈가 자동차 사고로 죽는 찰나 틀림없이 그 말을 상기했을 것이다. 일본의 가와바타 야스나리川端康成를 보곤

　"일본의 부채"

하다가 말을 끊어버렸다. 일본에서 볼 만한 것은 그가 황태자 시절 일본 여행을 했을 때 본 기생들의 가슴팍에 꽂힌 부채뿐이더라는 말을 하려다가 그만둔 것임에 틀림이 없는데 상상력이 부족한 가와바타는 그런 짐작을 못하고 구스타브 국왕으로부터 아무 말도 못 들은 양 그의 일기에조차 그 일을 기록하지 않았다.

　하여간에 구스타브 왕도 그 정도의 말은 했는데 우리의 노

정필 황제는 그런 의례적인 인사말 한마디 없는 것이다.

내가 이 인물의 모습과 더불어 그 이름을 알게 된 것은 십 년 전이고 가까이 하게 된 것은 일 년 남짓하다. 그 후로 나는 노정필이라는 사람에게 대해서 비상한 관심을 가지게 되었다. 첫째 그의 제왕학의 내용을 알고 싶었다. 궁전에 들어가기까지의 과정, 그곳에서 이십 년 동안의 마음의 과정 그리고 그의 눈에 비친 세태라는 것은 어떤 것일까 하는 호기심에 나는 어느덧 사로잡혀 이런저런 구실을 꾸며선 그와 동좌할 기회를 만들었다. 그래 같이 앉은 기회가 열두세 번은 되지 않을까 한다. 그러나 다섯 차례까진 온갖 유도의 기술을 다했지만 아무런 보람도 없었다. 나는 드디어 실어증에 걸린 사람이란 낙인을 찍으려고 했는데 여섯 번째의 자리에서 그로부터 겨우 세 구절의 말을 얻어들을 수가 있었다.

옛날의 학자와 문인, 오늘의 학자와 문인들의 이름을 들먹여가며 그 가운데 혹시 아는 사람이 없는가 하고 집요하게 물었더니 삼신산의 바윗돌처럼 무겁게 포개진 그의 입으로부터 또박 말이 굴러떨어졌다.

"이원조하고는 대학 예과 시절 동기였소."

이원조는 해방 후 북쪽으로 간 좌익 문인이다. 그곳에서 미국 간첩으로 몰려 사형당한 많은 지식인 가운데 하나다. 나는 이런 뜻의 말을

"김일성이 그 사람을 죽인 지 오래됐소."

하고 표현했다. 움직일 줄 모르던 그의 눈동자가 순간 반짝하

는 것 같았다.

"거짓말 마시오."

분노에 격한 어조였다.

나는 결코 거짓말을 한 것이 아니란 증거를 들고 설명하려고 했지만 그는 자기의 귀에 빗장을 지른 모양으로 내뱉듯이 말했다.

"그런 말 마시오."

이미 귀에 빗장을 지른 사람에겐 무슨 말을 해도 소용이 없다. 나는 다음 기회에 일인 작가 마쓰모토 세이초松本淸張가 쓴 《북의 시인》이란 책을 갖다 보여야겠다고 마음을 먹고 그 자리에서 일어섰다. 《북의 시인》의 얘기 줄거리는 전부 허구로써 짜여져 있지만 그 말미에 붙어 있는 재판 기록만은 실제의 자료다. 그 기록엔 이원조뿐만이 아니라 남에서 북으로 간 문인 지식인의 대부분이 사형 선고를 받은 사실이 수록되어 있다.

그러나저러나 그때 노정필로부터 세 구절이나마 말을 들은 것은 대단한 일이었다. 그 말만으로도 그의 제왕학의 일단을 알 수가 있었기 때문이다. "거짓말 마시오.", "그런 말 마시오." ― 황제가 함 직한 말이다. 황제의 말에 설명이 있을 까닭이 없다. 부탁이 있을 까닭도 없다. 명령이 있을 뿐이고 부정이 있을 뿐이다. 눈은 보지 않기 위해서 띄어 있는 것이고 입은 다물어버리기 위해서 여는 것이다. 그 눈과 그 입과…… 그 눈에 봄빛을 담을 날이 없을까. 그 입이 웃음을 폭발해 보일 날이 없을까…… 이것이 그때의 내 생각이었다.

뜻밖인 장면이 뇌리에 펼쳐진다.

증조부 대로부터 물려왔다는 자기의 일본도가 얼마나 예리한가를 보여주기 위한 목적만으로 오니시大西라는 일본 장교가 젊은 중국인의 목을 베는 장면을 나는 지켜보고 있었다. 29년 전의 어느 초겨울 밤, 해질 무렵이다. 쑤저우蘇州 성城의 성벽이 검붉은 피 빛깔로 낙일을 반사하고 있었다. 새들이 성 밖 숲 속을 향해 날아가고 있었다. 황량한 연병장의 끝, 철조망 저편으로 푸른 옷을 입은 행인들이 오가고 있었다. 멀찍이 민가로부터 저녁을 짓는 연기가 줄줄이 흘러나와 놀을 짙게 하고 있었다.

병사인 주제에 장교의 행동을 간섭할 수가 없었다. 한마디 항의를 해볼 엄두도 내지 못했다. 아픔과 같은 추위가 배 속으로부터 기어올라 턱이 덜덜 떨리는 판인데 그 턱을 떨지 않게 하려고 기를 쓰면서 그 잔인한 침묵을 지켜보고 있었다. 그래서 나는 죽음과 더불어 영원할 그 젊은 중국인의 영혼의 눈에 오니시의 공범으로서의 인상을 새겨놓고 말았다. 29년이 지난 오늘날에도 나는 간혹 그 장면을 꿈꾸곤 와들와들 몸을 떤다. 그런데 그 오니시란 자의 사진과 이름을 일본의 어느 잡지에서 발견했다. 오니시의 지금의 지위는 일본의 유력한 경제연구단체의 간부이고 그 잡지의 좌담회엔 경제 전문가로서 참가하고 있었다. 머리가 좋은 사람은 일본도를 휘둘러 사람의 목을 베기도 잘하지만 시류에도 편승하는 것으로 보았다. 뿐만 아니라 그는 어느덧 날씬한 인도주의자로 변신한 모양인 것 같았다. 그 좌담회에서 오니시는 경제에 관한 의견만이 아니라 작금 한일 간에 문제가 되어 있는 사건에 관한 코멘트도 잊지 않았는데, '인도적으로 도저히 용서할 수 없는 일'이라고 제법 흥분한 투로 한국을 비난하고 있었다. 군자는 삼일불견三日不見이면 괄목이상대刮目而相對라고 한다지만 칼 자랑삼아 사람의 목숨을 파리 죽이듯 한 자로부터 인도주의의 설교를 받아야 한다는 것은 너무나 어이가 없는 처지다.

그렇다고 해서 흥분할 이유는 없다. 그런 부하를 거느리고 수백만 중국인을 죽인 일본 군대의 우두머리 오카무라 야스지岡村寧次는 전쟁이 끝나자 장개석 총통으로부터 국빈 대우를 받아 그 만년을 인생에 승리한 장군으로서 호화롭게 살았다. 중일 친선을 위한다는 명분의 회를 만들어 그 회장이 되기도 했다. 전기 작자는 오카무라를 '인자하고 훌륭한 장군'이라고 찬양하기도 했다. 인자하고 훌륭하다는 것은 어떤 뜻일까. 오카무라의 행적을 귀감으로 하면 인자하고 훌륭한 인간이란 어떤 것인가 하는 데 대한 답안이 나올 수 있을까.

생각이 난 김에 나는 서가를 뒤져 A.G.녹스가 쓴 《전쟁사업》이란 책을 꺼내본다. 그 책에 있는 통계에 의하면 1935년부터 1945년까지의 십 년 동안 중국인의 전사자는 150만, 전상자는 200만, 일반 시민의 사망자와 행방불명자는 그 숫자가 너무나 방대해서 계산이 불가능한데 줄잡아도 1,000만 명의 전쟁 희생자를 추정해야 할 것이라고 되어 있다. 이 살육의 규모 가운데는 난징 학살 사건 같은 무수한 사건이 끼여 있다. 난징 사건은 수백 건을 헤아려야 할 참극 가운데의 하나일 뿐이다. 1937년 일본군은 난징을 점령하자 무고한 시민들에 대해서 약탈, 강간, 학살, 방화를 감행해선 2, 3일 동안에 20만 명을 살해했다. 린위탕林語堂은《폭풍 속의 나뭇잎》이란 책 속에 비분강개를 담았고 에드거 스노는《아시아 전쟁》이란 책 속에 일본군의 잔학 행위를 소상하게 기록하고 있다. 린위탕이나 에드거 스노의 기록을 빌릴 필요도 없이 일본인 자신들도 자기들이 저지른 비인도적 행위를 기록하고 있다.

오카무라는 중국 대륙에서 범한 이 모든 죄과에 대해서 적어도 삼분의 일 정도의 책임은 느껴야 할 사람이다. 그런데도 인자하고 훌륭한 인물일 수 있으니 어떤 사람은 똥을 싸도 향료를 생산하는 사람으로 된다는 얘기다.

대륙에서의 만행, 그리고 한반도에서의 만행을 아울러 관찰하면 일본 군대의 잔학이 문제가 아니라 그 깊은 뿌리를 국민성에서 찾아야 한다는 인식에 이른다. 그런데 오늘날 우리는 그러한 일본인, 특히 오니시와 같은 원육군 중위로부터 "인도상 도저히 용서할 수 없다"라는 힐난을 받게까지 되었다. 그러나 나는 이런 감정으로 해서 오니시를 생각해낸 것은 아니다. 오니시의 칼에 목숨을 잃은 그 청년의 눈과 야무지게 닫혀진 그 입에 노정필의 눈과 입을 발견한 때문이다. 눈과 입만이 아니다. 얼굴마저 닮아 보인다. 한 점의 췌육贅肉도 없이 눈과 코와 입, 기타 얼굴의 구조가 그 구조 본래의 윤곽대로 또렷또렷한 점, 여위어서 길다랗게 보이는 얼굴…… 그러고 보니 나는 노정필을 처음 보았을 때부터 29년 전 쑤저우 성 외에서 낙명한 그 청년을 연상했던 것이다. 그 연상으로 해서 노정필에 대한 나의 관심이 그만큼 집중되었다고도 할 수 있다.

그 중국 청년의 이름이 무엇이었던지 본래 문제도 돼 있지 않았다. 그러니 사망 통지 같은 것을 했을 리가 없다. A.G.녹스가 너무나 방대해서 계산을 포기해버린 그 불분명한 숫자의 바닷속에 던져진 채 있는 것이다.

그를 신사군新四軍이라고도 했고 민병民兵의 지도자일 것이라고도 했다. 그러나 아무런 증거도 없고 본인의 해명도 없었고 보니 그 수많은 희생자 가운데의 하나의 생명이었을 뿐이다. 그런데 그 무명의 청년이 보여준 인간의 위신과 용기에 대해선 두고두고 목격자 가운데선 얘깃거리가 되었다. 그는 심한 고문에도 고함 한 번 지르지 않았다고 한다. 묻는 말에 대해서 모른다는 말조차 발성하지 않았다고 한다. 허허한 눈이, 가끔 이상한 광채를 발할 때도 있었으나 그건 고문자를 저주한다기보다 스스로의 내면을 지켜보고 스스로의 정신을 감시하기 위한 눈빛이었다고 한다. 어떤 경우에도 그 다물어진 입이 열린 적이 없었다고 한다. 이 불굴의 투지 앞에 오니시는 기겁을 해서 일본도를 휘둘렀을 것이라는 의견을 말하는 사람도 있었다. 그런데 하필이면 내가 왜 그 자리에 입회하게 되었던가. 사소한 우연이라고 할 수밖에 없는 것은 그 사건이 내가 속한 부대의 영내에서 있은 일이긴 해도 우리 부대와는 관련이 없는 부대의 소행이었기 때문이다. 오니시는 우리 부대의 장교가 아니고 그때 마침 우리 부대의 영내에 일시 기류하고 있던 통과 부대의 장교였다. 포로도 그들이 데리고 온 포로였고 그 중국 청년도 그들이 데리고 온 포로 가운데의 하나다.

일본 군대에 예외가 있을까만 부대에 따라 조금씩 다른 점이 있는 것은 당연한 일이다. 내가 속해 있던 부대는 이른바 인텔리 부대라는 찬사인지 멸칭인지 모를 낙인이 찍혀 있는 부대였는데 하사관 가운데는 대학 교수도 있었고 소설가도 있었고 연극인도 있었고 만화가도 있었다. 게다가 직접 전투를 하지 않는 수송 부대이기 때문에 전투 부대와는 다른 분위기를 만들어내고 있었다. 중국 현지에서의 초년병 교육은 본국에서와 마찬가지로 각 부대별로 실시되고 있었는데 그 교육 계획 가운데는 생신生身의 포로를 기둥에 묶어두고 초년병으로 하여금 그 포로를 찔러 죽이게 하는 훈련이 공통적으로 끼어 있다. 총검술의 훈련과 아울러 병사 근성을 단련한다는 것이 명분이었다. 그런데 내가 속해 있던 부대에서는 사단에서 배급한 중국인 포로를 돌려보내고 그 훈련을 교육 계획에서 빼버렸다. 덕분에 우리들은 생신의 중국인을 찔러 죽이는 잔학한 행동을 피할 수 있었던 것이다. 외출을 나가 다른 부대에 있는 친구들로부터 그 훈련 광경을 들었을 때, 나는 몸을 떨었다. 그리고 그 의도가 어디에 있었든 간에 그런 잔학한 훈련을 피하도록 한 부대의 간부들에게 고마움을 느꼈다. 그랬는데 오니시라는 자가 그 일을 저지를 때 나는 공교롭게도 위병 근무를 하고 있었다. 타 부대가 하는 것이라도 영내에서 일어나는 일이었으니 위병이 입회하지 않을 수 없었다. 그래서 내가 차출되는 불운을 당하게 된 것이다. 지금도 그 중국 청년의 눈을 생생하게 눈앞에 그려볼 수가 있다. 그 입을 기억하고도 있다. 잘라 말해서 지옥을 보아버린 눈이고 운명이라고 하는 절대적인 벽 앞에 다물어버린 입이었다.

그 눈과 입에 노정필의 눈과 입이 닮아 있는 것이다. 지옥을 보아버린 눈, 절대적인 운명의 벽 앞에 다물어진 입! 나는 노정필을 처음 보았을 때의 광경에 생각을 미쳐본다.

서대문 교도소 제삼 사가 당시 정치범을 수용하고 있던 옥사다. 상하 팔십여 개의 감방에 삼백여 명의 정치범이 도합 오천여 년의 징역을 안고 유폐되어 있었다. 그때 내가 있던 감방은 74호, 같이 네 사람이 있었는데 이만용은 전직이 경찰 국장, 3·15 부정 선거에 가담했다는 죄목으로 7년의 징역을 선고받고 있었고, 유라는 노인은 용공 단체에 가입하고 있었다는 죄목으로 10년 징역을 선고받고 있었고, 김이라는 청년은 유족 회의 간부란 죄목으로 5년 징역을 받고 있었다.

봄인지 가을인지 분명하지 않은 세월 속의 어느 날 우리 감방의 돌쩌귀에 고장이 났다. 감옥에 있어서 감방 문의 고장이란 대사건이다. 보고가 있자 즉시 두 사람의 수인囚人 목수木手가 파견되어 왔다. 감옥 안엔 목공장이 있어 목수의 경험이 있는 기결수나 장기수로서 그 기술을 익히고자 하는 사람이면 그곳에서 일할 수 있게 되어 있다. 목수의 하나는 키가 후리후

겨울밤 107

리하게 크고 다른 하나는 작은 체구이긴 하나 야무지게 생긴 사람이었다. 두 사람 모두 장기수인 모양으로 푸른 수의나 푸른 모자가 체구에 어울려 푸른 상의의 바른편 어깨쯤에 다섯 개의 흰 줄이 그어져 있었다. 이른바 정근精勤 표지標識라고 하는데 그것을 다섯 개나 받은 걸 보니 꽤나 감옥력이 길다는 짐작을 할 수가 있었다.

문을 떼내어 망치질을 하고 있는 그들에게 내가 물었다.

"꽤 감옥 생활이 길었던 모양이죠?"

"한 십 년 됐소."

키가 작은 편이 말했다.

"십 년!"

하고 놀라며 나는 다시 물었다.

"얼마나 형기가 남았습니까."

"한 십 년 남았소."

역시 키가 작은 편이 말했다. 나는 가슴이 뭉클함을 느꼈다. 십 년을 살고도 또 십 년이 남았다면 이건 예삿일이 아니다 싶었다. 섣불리 말을 걸어선 안 될 사람들이로구나 하는 생각도 들었다. 나는 조심스럽게 태도와 어조를 꾸미곤 이번엔 키가 큰 편의 말도 들어보고 싶어서 그 편을 향해

"형씨도 그렇습니까."

하고 물었다. 그러나 그 사람은 나를 거들떠보지도 않고 망치질만 했다.

"저 사람도 나와 마찬가지요."

키가 작은 편이 나의 무안을 구했다.

나는 잠깐 망설이다가

"도대체 무슨 일이기에."

하고 중얼거려 보았다.

"6·25 때의 특별 조치 법 위반이라오."

키가 작은 사람이 아무렇지도 않게 이렇게 말했다.

6·25의 상흔을 보는 느낌이었다. 그러나 어떤 일을 했기에 이십 년이나 징역을 치러야 하는 것일까 하는 의혹이 남았다. 하지만 물어볼 수는 없었다. 그래 나는 이렇게 말해보았다.

"그동안 고생이 많으셨겠습니다."

"요즘 감옥살이 같으면 지난 징역 도로 물렀으면 싶소."

옛날의 감옥살이가 훨씬 고통스러웠다는 얘기로 들렸다.

이때 이 씨가 내 옆구리를 건드리곤 종이쪽지를 살며시 내 무릎 위에 얹어놓았다. 쪽지엔 다음과 같이 적혀 있었다.

"키가 큰 사람이 노정필 씨가 아닌가 물어보시오."

약간 거북한 일이었다 나는 쪽지를 든 채 키가 큰 사람을 지켜보았다. 우선 그 해맑은 얼굴이 비범해보였고 깊은 눈빛과 꼭 다물어진 입이 인상적이었다.

'보통 사람은 아닌 것 같다'는 느낌이 들었다.

나는 쪽지에 적힌 사실을 알아낼 기회를 노리면서 이런저런 얘기를 건넨 결과 그 두 사람이 당초 무기 징역 선고를 받았는데 민주당 정권 시절, 이십 년으로 감형되었다는 사실을 알았다.

문짝이 고쳐지고 두 사람이 떠나려는 순간을 포착해서 나는 어제 사놓은 드롭스 두 통을 키가 작은 사람의 손에 쥐어주었다. 그 사람은 멈칫하는 태도로 쥐어진 드롭스를 내려다보았다.

　"하찮은 겁니다만 받아두십시오."

하며 나는 쪽지를 내밀고 그 사람의 표정을 살폈다. 그 사람은 나와 키가 큰 사람 쪽을 번갈아 보더니

　"노정필 씨가 어쨌다는 겁니까."

하고 되물었다. 순간 키 큰 사람의 눈이 정면으로 나를 쏘았다. 그러나 무표정한 눈빛이었다. 나는 얼굴을 숙이고 말았다. 두 사람은 연장을 챙겨 들고 떠났다. 고쳐진 감방의 문이 육중하게 닫혔다.

　"노정필 씨가 여기 있구나."

　이 씨가 크게 한숨을 쉬었다.

　"그 사람을 압니까?"

　내가 되물었다. 이 씨는

　"이 선생은 그 사람을 모로오? 이름도 들은 적이 없소?"

하며 내가 그 사람을 모른다는 사실이 의아하다는 듯 중얼거렸다.

　"H군의 노 부자 큰아들 아닙니까."

　전직 경찰 국장 이 씨는 내 고향의 이웃 군의 출신이며 중학교 6년 선배이고 고향의 경찰서장을 지낸 적도 있어 나와는 옛

날부터 아는 사이였고 우리 집안의 일도 잘 알고 있는 터라 우리 집안과 세위가 있어 보일 듯한 H군의 노 부자 아들을 내가 모른다는 것이 이상했던 모양이었다.

H군의 노 부자라면 나도 잘 알고 있다. 그 집안사람 가운덴 나의 친구도 있다. 나는 선뜻 노상필이란 이름을 연상했다. 중학교 시절 나보다 2년 선배인 노상필이 혹시 노정필과 무슨 관련이 있지 않을까 하는 생각도 들었다.

"노상필이란 사람을 혹시 아십니까."

하고 이 씨에게 물었다.

"노상필인 모르겠는데, 지금 뭣하는 사람인데."

"모르겠어요, 그런 선배가 있었는데 학교를 나온 후는 전연……."

이어 나는 노정필에 관한 이야기를 이 씨에게 물었다. 이 씨는 뭔가 내키지 않는 그러나 말하지 않곤 석연할 수 없다는 그런 심정인 것 같았다.

다음은 그날 밤 전직 경찰 국장 이 씨가 한 이야기다.

이씨의 아버지는 일정 때 서부 경남의 부호 하 진사進士의 소작자인 동시의 S군 T면에 있는 하 진사의 토지를 관리하는 마름이었다. 그런 관계로 해서 이 씨는 중학 시절 C시에 있는 하 진사의 집에 기식하고 학교에 다닐 수가 있었다.

하 진사 댁엔 이 씨와 같은 나이 또래의 딸이 있었다. 여고보에 다니고 있었는데 부호의 딸이란 후광의 탓도 있었겠지만 재색을 겸비한 처녀로서 이름이 높았다. 이 씨는 영신이란 이름을 가진 그 처녀를 짝사랑하게 되었다. 마음의 탓인지 그 처녀는 이 씨에게 호의를 가지고 있는 것 같았다. 어느 날 학교에서 돌아와 행랑채 끝에서 발을 씻고 있던 이 씨는 영신이 하녀를 나무라고 있는 소리를 들었다. 하녀가 이 씨의 밥상을 들고 나오는 것을 뜰 가운데서 보고, 그 밥상이 너무나 허술하다고 해서 꾸짖고 있는 것이다.

"학생의 밥상을 함부로 그렇게 차리면 되느냐, 아버지나 우리의 상을 차리는 것과 꼭 같은 정성을 들여야 한다."

하녀는 밥상을 도로 들고 들어가는 것 같았다. 그때부터 이 씨의 밥상은 현저하게 달라졌다. 이 씨가 3학년 때의 일이다. 이 씨는 그런 일이 있고부터 더욱 열렬하게 짝사랑을 가꾸었다. 그러나 그 뜻을 전달할 방도는 없었다. 빨리 훌륭한 사람이 되어 버젓이 구혼할 수 있는 입장이 되었으면 했지만 사람은 콩나물처럼 빨리 클 수는 없는 것이었다. 이 씨가 5학년이 되던 해 영신이 여고보의 4년 과정을 졸업하게 되면서 곧 결혼하게 되었다. 이 씨는 하늘이 무너지는 것 같았다. 신랑은 H군의 노 부자의 아들 노정필이라고 했다. 부호의 아들과 부호의 딸의 결합이니 있음직한 일이었다. 이 씨는 그 결혼이 이루어지지 않기를 바랐지만 앉은뱅이 용을 쓰는 격이었지 가난한 소작인의 아들인 주제로선 뾰족한 수를 생각해낼 도리도 없었다. 가을철에 결혼식이 있었다. 그러나 그땐 이 씨도 노정필의 얼굴을 볼 수 있었다. 겨울 방학이 가까이 왔을 무렵 신랑 노정필이 처갓집에 며칠 묵었다. 밤엔 안채에서 자고 낮엔 가운데 사랑에서 지냈는데 그날 오후 노정필이 행랑채 마루 끝에 앉아 햇볕을 쬐고 있었다. 당시의 대학생엔 더러 엉터리가 있었다. 이 씨는 노정필이 부잣집 아들로 그저 건성으로 동경의 사립 대학에 올려놓고 놀 유자 유학을 하는 건달이겠지 하고, 곯려줄 생각으로 어려운 수학 문제를 내 놓으며 풀어달라고 했다. 노정필은 동년배의 청년이 가르쳐달라는 바람에 수줍은 표정을 지었으나 요령있는 말로 간단하게 그리고 알기 쉽게 그 문제를 풀어주었다. 이 씨는 이어 영어의 부독본을 꺼내어 학교의 영어 선생이 쩔쩔매던 문장을 골라 다시 가르침을 청했다. 노정필은 그것도 수월하게 해석해주었다. 이 씨는 이건 진짜 대학생이라고 느끼고 지금까지 가슴속에 품어오던 묘한 대항심 같은 것을 포기하지 않을 수 없었다.

　이듬해 이 씨는 중학교를 졸업하자 순사 시험을 치르고 경찰관이 되었다. 일본의 순사가 된다는 건 좀 뭣했지만 상급 학교에 갈 수 없는 가난한 소작인의 아들이 기를 펴고 살려면 그 길 밖에 없다고 생각한 것이다. 어언 십 년의 세월이 흘렀다. 나라는 해방이 되었다. 그 무렵 이 씨는 C시의 경찰서장이 되었다. C시는 전쟁 통에 폐허가 되었다. 폐허가 된 C시로 다시 돌아와서 지리산에 있는 빨치산을 토벌하는 작전을 돕는 한편 공산 분자와 부역자들을 검거하는 작업에 착수했다. 그러한 어느 날 아침, 이 서장은 어떤 중년 부인의 방문을 받았다. 방문을 받은 것이 아니라 출근하려고 관사를 나서는데 바깥문

밖에 기다리고 서 있는 어느 부인을 보았다. 그 부인은 하영신, 노정필 씨의 부인이었다. 이 씨는 황급히 자동차에서 내려 부인 앞으로 가서 어떻게 된 일이냐고 물었다. 부인은 자기 남편이 부역자로서 경찰에 붙들려갔다면서 어떻게든 선처해달라고 눈물로 글썽이며 호소했다. 이 씨는 경찰서의 자기 방에 들어서기가 바쁘게 관계 형사를 불러 노정필에 관한 일을 물었다.

노정필은 인민군이 점령하고 있는 동안 H군의 인민 위원장을 하고 있었다.

"만석꾼 자식에 만석꾼 사위가 어렵게도 되었군."

이 씨는 괘씸한 생각도 들었지만 만석꾼의 딸로서 꽃처럼 아름다웠던 하영신의 초라한 모습을 생각하니 그저 방치해버릴 수도 없었다.

"그 사람 만석꾼의 아들인데 어디 본심으로 그런 짓을 했겠나. 뒤집어 씌워진 거겠지. 좋게 되도록 해봐!"

이 서장이 이렇게 말하자 담당 형사는

"아닙니다. 이 사람은 일제 때부터 사상운동을 한 사람이고 해방 직후에도 인민 위원장을 한 사람입니다. 그 후 어디엔가 종적을 감추었다가 나타난 사람인데 결코 피동적이 아니라 능동적으로 빨갱이들과 협력한 사람입니다."

하고 만만찮은 반응을 보였다.

"그러나 본인이 개과천선하겠다고 하면 선도하는 것이 좋지 않겠나. 그다지 악질적인 사람은 아닐 테니 말이다."

이 서장이 이렇게 말해도

"만일 그 사람을 놓아준다면 지금 유치장에 잡아가둬 둔 놈들 전부를 풀어줘야 합니다."

하고 형사는 강경했다.

설혹 풀어준다고 해도 당장에 할 수 있는 일은 아니어서 차차 연구해보도록 하고 형사를 돌려보냈다. 그리고 이어 갖가지의 방법을 써보았지만 노정필은 개과천선의 태도를 보이지 않았다. 부서장 격인 경무계장을 시켜 타일러보았지만 H군에서 일어난 사건의 책임은 전부 자기에게 있다면서 변명은커녕 되레 단호한 태도로 나왔다. 그러한 태도마저 용인하고 범인을 석방한다는 건 일선 경찰서장의 직권을 넘는 일이었다. 이 씨는 노정필에 대한 관심을 포기하고 말았다. 그리고 그 후 바쁜 직무에 휘몰려 동분서주하다가 보니 그 이름조차 까마득히 잊었다. 그랬는데 그 노정필을 십 년이 지난 후 서대문 교도소에서 보게 된 것이다.

그 후 이 씨는

"사람의 운명이란 이상도 하지. 빨갱이들이 말하는 성분대로라면 나는 빨갱이가 되어야 할 사람이고 그 사람이 내 입장에 서야 할 건데……."

하는 말을 가끔 중얼거렸다.

"그러고 보니 그 사람은 철저한 사상가였던 모양이죠."

어느 날 나는 이렇게 물었다.

"글쎄, 사람의 사상을 알 수야 있소. 어떻게 하다가 보니 빼

지도 박지도 못할 형편이 되어버린 게 아닐까."

이 씨의 말이었다.

나는 가끔 이 씨를 곯려줄 때도 있었다.

"원, 부정 선거는 왜 했소. 표 도둑질을 하면서 어떻게 도둑놈을 잡는단 말요."

"나라를 위해선 표 도둑질 아니라 그보다 더한 것도 해야 하니까."

이 씨는 늠름했다.

"우리나라는 민주주의 국가 아뇨. 그런데 민주주의를 짓밟아놓고 무슨 나라를 위한단 말요."

"나는 이 박사를 위하는 길이 나라를 위하는 길이라고 생각했소. 이 박사만 한 애국자가 어디에 있겠소. 이 박사 말고는 전부 사리사욕에 날뛰는 정객들뿐 아뇨. 막연한 민주주의 하려다가 그런 사기꾼 비슷한 놈들에게 정권이나 주어보소. 나라가 어떻게 되는가."

이 씨는 이런 말을 정색하고 했다. 나는 멋쩍게 웃었다.

"소중한 건 민주주의요. 민주주의적으로 해나가면 하나하나 해결이 되는 겁니다. 그 해결이 틀렸으면 다시 민주주의적으로 고쳐나갈 수도 있구요. 민주주의적인 방식을 버린 어떤 행동도 설혹 그것이 현명한 성인의 결단이라고 해도 문제의 해결이 되는 것이 아니라 문제의 시작이 될 뿐이오. 바보스럽더라도 다수의 의견을 합친 것은 그때그때 해결이 되지만 비록 현명한 결단이라도 대중의 의사를 거역한 건 장래의 폭발을 준비하는 불씨가 될 뿐이오. 그런 까닭에 민주주의를 소중히 해야 된다는 것이고 선거에 있어서의 표를 존중해야 된다는 말입니다."

내가 이렇게 말했을 때는 이 씨가 멋쩍게 웃었다.

"어쨌든 그 구름 잡는 얘기 같은 민주주의허구 이 박사를 바꿀 수 없었으니까."

나는 다시 민주주의 이론을 원용해서 공격하면 이 씨는

"이 선생이 말하는 그런 것을 죄다 생각하고 경찰관 노릇을 어떻게 해먹겠소. 나는 사상가도 아니고 공격자도 아니고 경찰관이었을 뿐이오."

하며 토론을 종결하자고 했다.

이런 말을 해서 격에 맞을 만큼 이 씨는 엄격한 경찰관이기도 했다. C시의 경찰서장으로 있을 때의 일이다. 이 씨의 동생이 경찰 양성소를 졸업하고 C시의 경찰서로 보직되어 왔다. 그 인사를 하러 서장실에 들어가서 형인 서장의 책상 앞에 비스듬히 서며 "형님 저도 이 경찰서에 근무하게 되었습니다" 했다. 그랬더니 이 서장은 벨을 울려 경무계장을 부르곤 자기 동생을 가리키며 "아직 이 순경은 상관에게 신고할 줄도 모르는 놈이다. 정문의 보초로 석 달 동안 세워 재훈련시키도록 하라" 라고 고함을 질렀다는 일화가 있다.

그런가 하면 이 씨는 유머의 폭이 있는 사람이기도 했다. 6· 25 당시 C시엔 야간 통행금지가 엄했다. 술 마시기를 좋아하고 놀기 좋아한 우리들은 번번이 시간을 어겨 경찰에 끌려가곤 했다. 그때마다 일행 중의 한 사람이 야간 근무를 하고 있는 서장실에 빠져 들어가서 구원을 청하면 그는 똥을 찍어먹은 곰처럼 얼굴을 찌뿌리고 우리가 억류되어 있는 방으로 와선 관계 경찰관을 보고 고함을 질렀다.

"저기 있는 무리들은 사람이 아니다. 토끼나 노루와 다름없는 동물이다. 야간 통행금지는 사람에게 대한 금지다. 저 동물들은 풀어줘라."

개나 돼지나 다름없는 동물이라고 할 수도 있었을 것을 토끼나 노루를 들먹여 대신했다는 점에 당시의 우리들은 철이 없었으면서도 이 서장의 인간을 보았던 것이다.

감방에서의 이 씨는 이와 같은 옛날 얘기에 꽃을 피우다가도 돌연 침울한 표정으로 돌아가버리곤 했다. 이럴 때였다. 어느 날 이 씨가 내 귀에 대고 속삭이듯 말했다.

"아무리 생각해도 살아 밖으로 나갈 수 있을 것 같지 않소."

뭔가 예감이 스스로의 운명을 암시하는 모양인가 보았다. 이 씨는 우리와 석 달쯤 같이 지내다가 다른 방으로 전방하더니 거기서 두 달을 넘기지 못하고 옥사하고 말았다.

만석꾼의 아들 노정필은 이십 년의 감옥살이를 견디어냈는데 소작인의 아들 이 씨는 이 년의 옥살이도 이겨내지 못했다는 이야기가 된다.

옥사는 감옥 수인들의 말을 빌리면 '뒷문으로 나간다'로 된다.

뒷문으로 나가는 것은 집행당한 사형수의 경우도 마찬가지다. 살아 제 발로 걸어 들어왔다가 죽어 관 속에 담겨나가야 하는 운명엔 어떤 위로도 거절하는 처절함이 있다. 나는 부득이 또 하나의 옥사를 회상하지 않을 수 없다.

내가 서대문에 들어갔을 때는 삼복더위가 한창인 계절이었다. 지정된 방은 53호 감방이었다. 시키는 대로 녹슨 놋그릇을 들고 감방 안으로 들어갔더니 거긴 삼베 고의적삼을 깔끔하게 입은 선비가 하나 앉아 있었다. 어느 모로 보나 갓을 씌웠으면 어울릴 이조의 선비풍을 닮은 사람이었다. 수인사가 있었다. 그 선비는 대구 근교 반야월이라는 곳에서 과수원을 경영하고 있다고 했고, 이름을 두응규杜應圭라고 했다. 어떤 정당에 가담한 적이 있었으나 반년 전에 탈당했는데 붙들린 이유는 그 정당과 관련된 일이라고 하면서 조사가 끝나기만 하면 간단히 풀려나갈 것이란 퍽 낙천적인 태도를 보였다.

이어 다음 다음으로 사람이 들어와 네 사람이 정원인 듯한 방에 일곱 사람이 붐비게 되었는데 두응규 씨는 언제나 낙천적인 태도와 말로써 동방의 친구들을 위로하기에 바빴다. 그는 일제 때 대구 농림 학교를 졸업했다고 하는데 농업에 관한 지식 이상으로 영화배우에 관한 지식이 풍부했다. 한동안을 일본에서 머무른 적이 있는 나 이상으로 일제 때 날린 영화배우에 대해서 소상한 지식을 가지고 있었다. 그만큼 단순한 호인이기도 했다.

제일 먼저 알게 되었다는 인연으로 해서 나와 그는 가장 친하게 지냈다.

매일 밤 담요를 같이 깔고 나란히 누워 피차의 과거지사를 샅샅이 얘기한 탓도 있어 넉 달을 같이 있는 동안에 백년의 지기처럼 되었다. 감옥에서 풀려나가면 나는 그의 과수원을 찾고 그는 나의 집을 찾아 형제처럼 지내자는 말도 오갔다. 그러는 동안 나는 가끔 나가서 검사의 심문을 받곤 했는데 그에게는 일절 출정出廷하라는 통지가 없었다. 그 이유를 그는

"검사가 내게 물어볼 건덕지가 있어야지."

하고 풀이하고 있었다.

그해의 11월 초에 나는 기소 통지를 받았다. 그는 자기 일처럼 나의 비운을 서러워하고 도리어 내가 그를 위로해야 할 정도로 내 일을 걱정했다. 그리고는 입버릇처럼 말했다.

"그러나 이 형, 걱정하지 맙시다. 재판을 하면 무죄가 될 테니까요."

그리고 12월, 기소되지 않은 사람은 전원 석방해야 하는 시한의 날이 닥쳐왔다. 두응규 씨는 그때까지 기소되어 있지 않았다. 한 번도 조사를 받지 않았는데 기소될 까닭도 없었다.

그날 밤, 창가에 눈이 훨훨 날리고 있었다. 복도에서 소리가 있었다. 이름을 불린 사람은 각기 소유물을 싸가지고 대기하라는 것이었다. 두응규 씨는 자기의 물건을 싸기 시작하면서 역시 눈물을 흘렸다. 나를 두고 나가게 되었으니 마음이 아프다는 심정이었던 것이다.

차례대로 이름이 불리었다. 그러나 두응규 씨의 이름은 하마나 하마나 하고 기다려도 부르지 않았다. 부르는 소리가 끝

났다. 계속되려니 했지만 그것이 마지막이었다. 53호 감방에서 불리지 않은 사람은 이미 기소가 되어 있는 나와, 전라도 순창의 임 씨, 그리고 두응규 씨 세 사람이었다.

감방 문을 여는 소리가 차례대로 들렸다. 이제 막 불린 사람은 밖으로 나와 복도에 앉으라는 것이다.

나는 두응규 씨의 얼굴을 볼 수가 없었다. 인원 점검을 하고 있는 간수를 보고 혹시 빠진 사람이 없는가 하고 챙겨봐달라고 부탁했다. 간수는 서류를 자세히 검토하고 복도에 늘어앉은 인원수를 헤아려보더니 틀림없다고 했다.

"기소되지 않은 사람이 불리지 않았는데 어찌된 셈일까요?" 했더니 간수는 "그런 사람에겐 내일 아침에라도 기소 통지가 오겠지요" 하고 퉁명스럽게 말하고 지나가버렸다. 나는 다시 한 번 두응규란 이름을 찾아봐달라고 했으나 뒤돌아보지도 않았다. 일곱이 붐비던 방에 세 사람이 남고 보니 처량했다. 풀린 사람들은 함박눈을 밟으며 집으로 돌아갈 것이었다. 훈훈한 방, 활짝 핀 가족의 얼굴, 밝은 전등불이 그들을 맞이해줄 것이었다.

창밖에 눈은 여전히 내리고 있었다.

"술이라도 있었으면 한잔하고 싶은 꼭 그런 기분이네요."

전라도의 임 씨가 또박 한마디 했다.

"두 형, 두 형의 사건은 하두 대수롭지 아니한 게 돼놔서 잊어버린 것 같소. 내일 내 변호사에게 연락해서 알아보도록 할 것이니 걱정 말고 술은 못 마시더라도 술 얘기나 합시다."

하며 나는 보퉁이를 끄르려는 두웅규 씨를 말렸다.

"싼 건 그대로 두고 담요나 내놓으시오."

"참말로 이 사람들이 나를 잊어버린 건가."

"하두 대수롭지 않은 사건이니 잊기도 하겠지."

두웅규 씨의 얼굴에 조금 화색이 돋아났다.

그러나 검찰이 잊은 것이 아니었다.

그 이튿날 아침 두웅규 씨에게 사정없이 들이닥친 것은 기소 통지였다. 감방에 있으면서 듣는 얘기는 모두들 자기의 형을 가볍게 또는 무죄의 방향으로 꾸민 것이 대부분이다. 그러나 두웅규 씨의 사건은 어떤 가혹한 척도로 다뤄도 죄가 되기는커녕 기소될 건덕지가 없는 것이었다. 일시나마 미결수로서 감방에서 살아야 한다는 것 자체가 이상스러울 정도였다.

천진하기 소녀 같은 두웅규 씨는 그날부터 침울한 사람으로 변했다. 언제나 웃음기를 품고 있던 눈이 난처한 일을 당한 소년의 눈처럼 당황하는 눈빛이 되었다. 나는 그를 위로하기 위해 안간힘을 썼다. 전화위복할 수 있다는 인생을 설명하기 위해 별의별 얘기를 끌어대고 심지어는 얘기를 꾸미기조차 했다. 난세에 있을 곳은 감옥이 제일이란 말도 했다. 황제로서의 자각을 일깨워보려고도 했다. 동서고금의 소화笑話를 기억 속에서 파내선 그를 웃기려고도 했다. 싱거운 음담패설도 서슴지 않았다. 대체로 나의 노력은 성공한 셈이 되었다. 두웅규 씨는 가끔 다니엘 다리유머 코리느 뤼시엘의 이름을 들먹이게 되었고 그레타 가르보와 마를레네 디트리히가 지금 어디에 있을까 하는 궁금증을 털어놓기도 했다.

그럼 나는 신이 나서

"두 형, 됐소. 황제는 그런 걱정만을 해야 하는 거요. 치사스러운 세속의 일은 속인들에게 맡겨버리고 우린 세계의 미녀 이야기나 합시다."

하고 조르주 상드, 사라 베르나르, 이사도라 덩컨의 정사情史를 펼쳐보이곤 했다.

그리고 한 달쯤 지났을까. 내게 돌연 전방 명령이 내렸다. 53호 감방에서 59호 감방으로 옮기게 되었다. 말하자면 53호부터 여섯 개 저편의 방으로 옮기는 것인데 감옥 속의 규칙을 샅샅이 알 수는 없지만 하필이면 그런 시기에 나 혼자만 전방을 하게 되었는지를 아직껏 알 수가 없다. 나는 그 전방으로 인해 생살이 찢어지는 것 같은 아픔을 느꼈다. 두웅규 씨도 꼭 같은 감정이었다는 것을 안다. "이 일을 어떡하지? 이 일을 어떡하지?" 내 얼굴을 보지도 못하고 자기가 먹던 약까지를 집어넣으면서 실신한 사람처럼 중얼거리고 있는 그 모습을 나도 차마 볼 수가 없었다.

여섯 개의 방을 격했다고 하지만 감옥에서는 그것이 천리길에 해당되는 거리다. 나는 소제하는 사람을 통해 간신히 그의 안부를 전해들을 수가 있었지만 "잘 있습니다" 하는 말 이외 구체적인 사실을 알 길이 없었다. 그러는 동안 나의 공판은 진행되어 검사로부터 15년의 구형을 받았다. 나는 이 사실이 두웅규 씨에게 알려질까 겁났다. 구형을 받고 돌아온 날 저녁

에 나는 소제부를 통해 "공판은 유리하게 진행되고 있다"라고
만 전했는데 두응규 씨로부터는 자기의 판결일이 결정되었다
는 소식을 전해왔다. 1962년 1월 17일이란 일자였다. 나는 그
날을 두응규 씨가 감옥에서 풀려나는 날이라고 믿고 의심하지
않았다. 어떤 착오로 기소하긴 했지만 유죄 판결을 내릴 건덕
지가 아무리 주책없는 재판이라고 치더라도 있을 까닭이 없다
는 것을 나는 알고 있었기 때문이다.

1월 16일이 되었다. 내일이면 두응규 씨가 나가게 되겠구나
하는 마음으로 무슨 연락 방법을 생각하고 있는데 돌연 식구
통 문이 열리더니 소제부의 겁에 질린 듯한 얼굴과 함께 "두응
규 씨가 죽어갑니다" 하는 소리를 남기곤 다시 식구통 문을 찰
싹하고 닫아버렸다. 나는 얼빠진 사람처럼 멍청해 있다가 조
금 후에야 그 말뜻을 알고 요란하게 패통을 쳐서 간수를 불렀
다. 느릿느릿한 걸음이 감방 앞에 와 멎더니 시찰구가 열리고
감수의 눈이 나타났다.

"53 감방에서 두응규 씨가 죽어가는 모양인데 나를 그 방으
로 좀 데려다 주시오."

애원하듯 이렇게 말했으나 간수의 대답은 냉정했다.

"상사의 명령 없이 그럴 수는 없소."

"그럼 그 명령을 좀 받아주었으면."

"교대할 사람이 없어서 안 됩니다."

시찰구는 무자비하게 닫히고 간수의 발소리는 멀어져갔다.

두응규 씨는 의무실로 옮겨지는 도중에 숨을 거두었다고 했

다. 그런데 그 이튿날 있은 판결은 두응규 씨는 물론 그 관계자 전원에게 무죄를 선고하고 있었다. 만일 내가 전방만 하지 않았더라도 씨알머리 없는 잡담으로나마 그의 팽팽해진 신경을 어루만져 파열하지 않도록 방지했을지 모를 일이었다. 하두 어처구니없이 되어나간 일을 겪은 나머지 두응규 씨는 내일로 다가온 판결 공판에 지레 겁을 먹었을 것이 분명했기 때문이다. 두응규 씨는 낙천적인 한편 그처럼 소심한 사람이었다. 반야월의 과수원을 에덴동산처럼 꾸미겠다는 그의 꿈도 그의 죽음과 함께 사라졌다.

두응규 씨의 얼굴에 조용수의 얼굴이 겹친다. 면회하러 온 사람이 있다기에 대기실에 들어갔더니 수많은 사람 가운데 조용수만 수갑을 차고 앉아 있었다. 사형의 언도를 받은 사람은 감옥 안에서도 수갑을 차고 지내야 하는 것이었다. 조용수는 나를 보자 놀란 빛으로 "선생님도 이곳에 와 있었습니까" 하고 중얼거렸다. 조용수는 고등학교 당시 내가 가르친 제자다. 일본에서 자금을 만들어 신문사를 경영하고 있었는데 그 자금의 출처에 말썽이 붙어 극형을 받는 처지가 되었다. 나는 뭐라고 말할 수가 없었다. 입이 떨어지지 않는 것이었다. 조용수는 "선생님 마음 단단히 가지시고 몸조심하십시오" 하는 말을 남겨놓고 면회장으로 나갔다. 그래도 나는 한마디 말을 못 했다. 사형을 받은 제자로부터 15년의 구형을 받은 사람이 도리어 위로의 말을 듣고 이른바 은사라는 입장의 인간이 떳떳한 말

한마디 못했다는 것이 슬픈 일이다. 나는 조용수의 눈물이 얼어붙은 듯한 눈을 잊지 못한다. 준수한 얼굴을 물들인 그 깊은 우수를 잊지 못 한다. 설혹 어떤 죄를 지었기로서니 그 청춘, 그 얼굴, 그 눈빛으로선 사형을 당할 수 없는 인물이었던 것인데…… 나는 그날로부터 불과 수일 후 그의 사형 집행이 있었다는 소리를 듣고 통곡을 했다. 그때의 감정을 나는 다음과 같이 적었다.

"엄지손가락만 한 쇠창살이 10센티미터 가량의 간격을 두고 세로 일곱 줄 박혀 있는 넓이의 창이 창살을 30센티미터의 폭으로 석 줄의 쇠창살이 가로질러 있다. 그 쇠창살 안으로 각각 여섯 칸의 사각형으로 나눠진 유리창문 두 짝이 미닫이 식으로 달려 있다. 이렇게 가로세로 꽂힌 쇠창살에 열두 칸의 유리창이 겹쳐 누워서 보면 어린이가 서툴게 그려놓은 그래프 바닥처럼 보인다. 이 그래프에 좌표처럼 해가 걸리고 달이 걸리고 별이 걸린다. 생각하니 나는 해를 가두고 달을 가두고 별을 가두어놓고 살아 있는 셈이다. 얼마나 오만한 황제냐. 내가 갇혀 있는 것이 아니라 태양과 달과 별을 내가 가두어놓고 있는 것이니 말이다. 그런데 하늘을 금지어놓고 태양과 달과 별을 가두어놓은 창 앞에서 발돋움을 하면 막바로 사형장의 입구가 보인다. 두터운 담장의 일부에 거기만 푸르게 페인트칠한 문, 두 사람이 한꺼번에 들어갈 수는 없을 정도로 좁고, 키 작은 사람이라도 난장이가 아니면 꾸부리지 않고는 들어갈 수 없을 정도로 낮은 문이다. 문! 대통령이 관저로 들어가는 문, 유적流謫의 황제가 유랑의 길에 오르기 위해 나서는 문, 어린 학생이 란도셀을 메고 학교로 들어가는 문, 술과 미희가 기다리고 있는 요정으로 들어서는 문, 쇠사슬에 묶여 들어가는 감옥의 문, 시체가 되어 거적때기를 쓰고 나가야 하는 감옥의 뒷문! 사람의 생활이란 따지고 보면 문을 드나드는 행동에 불과하다. 인류는 살아오는 과정에서 무수한 문을 세웠다. 앞으로 살아가는 과정에서 역시 무수한 문을 세울 것이다. 문 가운데 문을 세우고 또 그 문 속에 문을 세우는 문, 인생의 수를 무한하게 적분한 만큼의 수의 문을 드나들며 무수한 다른 문은 다 젖혀놓고 인생은 왜 하필이면 저 문으로 들어가야 하는가!

어제 조용수가 사형 집행을 당했다는 소식이 흘러 들었다. 시간을 알아보니 내가 한창 식사를 하고 있던 무렵이었다. 불과 일백 미터도 떨어져 있지 않은 곳에서 옛날의 내 제자를 도살하는 작업이 진행되고 있었는데 나는 보리밥 덩이를 분주히 입속에 집어넣어 내 속의 돼지를 먹이고 있었던 것이다. 제자가 사형을 당했다고 해서 내가 밥을 먹지 말아야 할 까닭은 없다. 죽는 자로 하여금 죽게 하라! 죽을 만한 짓을 했기에 죽음을 당하는 거겠지……. 그런 운명이었기에 죽어간 것이겠지……. 어젠 청명한 날씨였다. 나뭇가지에 미풍이 산들거리고 새는 흥겹게 재잘거렸다. 이러한 날, 그 드높은 하늘 아래 그 밀실에서 법률의 이름을 빌려 사람이 사람을 교살하는 작업이 진행되고 있었던 것이다.

사형이 뭣 때문에 필요한가를 생각해본다. 사형이 필요하다는 논의만을 가지고라도 능히 하나의 도서관을 이룰 수 있는 부피가 될 게다. 동시에 그만한 부피의, 사형이란 있을 수 없다는 논의도 가능할 것이 아닌가. 어떠한 경우라도 사람이 사람을 죽여선 안 된다면 설혹 신의 이름, 법률의 이름으로써도 사람을 죽일 순 없는 것이 아닌가. 이것을 한갓 감상론이라고 할지 모르나 사형에 관한 문제는 이미 이론의 문제를 넘어 신념의 문제인 것이다. 어떤 사람은 사형을 폐지하려면 이러이러한 조건의 충족이 선행되어야 한다고 말한다. 그러나 인간만사에 있어서 모든 조건의 충족을 기다려 이루어지는 일이란 드물다. 웬만한 조건으로서 타협하는 것이 인생이다. 그러니 우선 사형부터 없애놓고 그러한 조건이 충족되게끔 계속해서 노력할 수도 있을 것이 아닌가. 베카리아 이래 많은 사형 폐지론이 나왔다. 그 골자는 사형이 궁극에 있어서 범죄 예방을 위해 효과적이 못 된다는 것이고 회복 불가능한 것이고 속죄의 길을 막는 것이며 혹 오판이라도 있었을 경우 상환 불능한 것으로 그저 보복의 뜻만 강한 형벌이란 것이다. 그리고 사회의 질서를 위해서 사람이 사람을 율(律)하지 않을 수 없으되 인간이 인간의 생명을 빼앗는 정도까지 율한다는 건 인간의 권능을 넘는 월권행위가 아닐까. 하지만 이러한 논의가 얼마나 무력한 것인지 나는 잘 알고 있다. 사형 폐지의 문제는 이론의 문제가 아니고 신념의 문제라고 하는 이유가 여기에 있다.

어떤 흉악범이 "나는 죽어도 내가 지은 죄는 남는다"라고 말했다. 진정 그렇다 그 범인은 죽어 없어지더라도 그 범인이 범한 죄는 남아 있다. 죄는 미워하되 사람을 미워해선 안 된다는 말이 있다. 이럴 때 미워해야 할 죄를 남겨놓고 죄인이 스스로 범한 죄를 속죄할 수 있도록 생명을 허용해주는 것이 옳지 않을까. 꼭 그렇게 안 되겠다면 흉악범 이외의 죄인에 대해선 사형을 적용하지 않는 배려만이라도 할 수가 없을까. 그것도 안 된다면 그 죄인에게 부모가 생존해 있을 경우엔 그 죄인의 사형 집행을 부모님이 돌아가시고 난 연후로 연기하는 배려라도 있을 수 없을까.

교수대의 삼줄은 단발마의 고통을 겪은 사형수들의 목에서 분비된 기름으로 해서 반들반들 윤택이 나 있다고 한다. 반들반들 윤택이 나 있는 교수대의 삼줄을 상상해본다. 무수한 생명을 묶어 없앤 그 삼줄을 만든 삼은 넓은 하늘 밑, 넓은 들판에서 무럭무럭 자랐다. 4, 5월의 태양을 흠뻑 받고 농부들의 정성으로 해서 자랐다. 시골의 아낙네, 청순한 소녀들이 이빨로써 그 삼을 벗기고 하얀 포동포동한 살결의 무릎 위에서 꼬아 만들어진 삼줄이 교수대 위의 흉기로써 걸리게 된 것이 아닌가……. 아무리 법률이 잘 정비되어 있고 신중하게 재판이 진행되었다고 해도 판결은 언제나 오판의 부분을 포함하고 있는 것이다. 꼭 같아 보이는 천의 사건, 만의 사건은 사람의 경험과 환경과 성품을 고려에 넣을 때 천 가지로 만 가지로 다른 사건으로 나타난다. 그것을 불과 얼마 안 되는 경화된 법조문으로 다루려고 하면 법관의 양심 문제는 고사하고 필연적으로 오판의 부분이 생겨나지 않을 수가 없다. 최선을 다해도 오판의 부분이 남는다는 법관의 고민이 진지하다면 극단의 형만은 삼가야 할 것이 아닌가. 작년만 해도 이 감옥에서 처형된 사형수의 수가 57명이나 된다고 한다. 57명의 생명이 그 문으로 들어간 것이다……. 조용수는 그 문으로 걸어들어가며 무엇을 생각했을까. 아아. 나는 이 감옥에서 나가는 날부터 사형 폐지 운동을 해야겠다. 꽃피는 아침에 눈을 비비며 일어나 엄마를 부르던 아이가 커서 옥중에 앉아 사형을 기다리다가 드디어 저 문 속으로 사라졌다."

고요히 깊어가는 밤, 나는 담배를 피워 물고 귀를 기울인다. 그 고요를 가득 채워 사자들의 소리가 들려온다. 반세기를 살아오는 동안 나는 무수한 죽음을 겪었다. 병사나 횡사를 막론하고 억울하지 않은 죽음이란 없었다. 죽음이란 모두가 억울한 것이다. 사랑하는 사람, 존경한 사람의 죽음을 참고 견디는 것은 나도 한 번은 죽을 것이란 그 체념으로 인해서다. 죽음엔 조금 빠르고 조금 늦다는 것이 있을 뿐이다. 그런데 그 조금 빠르고 조금 늦는다는 건 시간의 대해에서 보면 순간에 불과하다. 지금 내 곁에 한 장의 엽서가 있다. 내가 가장 존경하고 사랑한 박기영 군으로부터 온 편지다.

'건강이 제일이다. 건강 이외의 것은 물거품에 지나지 않는

다. 건필을 빈다. 일주일 후 자네를 찾을 것이다.'

후두암의 재발로 병상에 누운 채 쓴 편지다. 그 편지를 받고 사흘이 지났을 때 나는 그의 부보를 들었다. 부보를 듣고 인천에 있는 인하 대학의 사택으로 달려갔더니 그는 고이 눈을 감고 그가 그처럼 신앙하던 천주의 품 안에서 깊은 잠에 들고 있었다. 그날 아침 신문을 달라기에 신문을 주었더니 누운 채 신문을 펼치려다가 "신문을 들 힘도 없구나" 하는 말과 동시에 신문을 떨어뜨리곤 운명했다고 한다. 나는 밖으로 나와 뜰 가득히 지어놓은 새장을 보고 그 텅텅 빈 새장의 한 곳에 이마를 대고 소리 없는 눈물을 흘렸다. 그가 살았으면 그 새장엔 구관조와 앵무새들이 주인의 능숙한 영어와 프랑스어를 배워선 백인 여성들의 사교계처럼 화려하게 떠들썩했을 것이었다. 그는 50세를 못다 채운 나이로 돌아갔지만 그의 성실함엔 보통 사람이 백 년을 애써도 미치지 못할 것이다.

장 콕토는 자기의 유언을 다음과 같이 썼다.

"사랑하는 사람들이여! 내가 죽거든 슬퍼하지 말고 눈물을 흘리지도 말라. 슬픈 척만 하고 눈물을 흘리는 척만 하라. 예술가란 본래 죽을 수가 없다. 죽은 척만 하는 것이다."

나는 이에 덧붙이고 싶다.
"어찌 예술가뿐이랴. 사람이란 본래 죽을 수가 없다. 죽은 척만 하는 것이다."

죽은 척만 한 사람들의 무수한 군상들이 뇌리에 흐른다. 쑤저우蘇州의 병원에서 죽은 사람, 곤론마루 호의 침몰과 더불어 죽은 친구, 6·25 동란 때 희생된 이광학, 강달현, 박창남. 그리고…….

육신은 살아 있으면서 사자와 다를 바 없는 사람, 그 가운데의 하나가 노정필 씨다. 노정필 씨는 내가 그에게 마쓰모토의《북의 시인》을 갖다준 지 일주일 후에 뜻밖에도 나를 찾아왔다.

"어떻게 된 일입니까."

하고 나는 반겼다.

노정필 씨는 들고 온《북의 시인》을 응접 탁자 위에 놓으며 무표정한 눈빛으로 나의 서재를 한 바퀴 둘러보았다. 널따란 방의 사면의 벽을 천장까지 채우다 모자라 방바닥에도 흐트러져 있는 책의 더미를 보고도 그것에 관해선 말이 없었다.

노정필 씨는 앞에 놓은《북의 시인》을 가리키며

"이거 사실인가요?"

하고 물었다.

"재판 기록은 북쪽에서 발표한 그대로지만 얘기는 사실이 아닙니다."

하며 나는 우선 작중의 안영달安永達이 노동자 출신이 아니라 나와 같이 일제 때 학병으로 간 사람이란 것과 그 소설엔 임화가 전향한 사실을 은폐하기 위해 미군 기관과 손을 잡았다는 것으로 되어 있으나 임화의 전형은 이미 널리 알려져 있던 사

실이란 것 등을 설명했다. 노정필 씨는 담담히 듣고 있더니

"안영달은 나도 잘 아오."

하고 또박 말했다.

"그럼 안영달이 이주하와 김삼용을 붙들어준 사실도 알고 있습니까?"

나는 이렇게 물으며 그의 표정을 살폈다. 노정필은 긍정도 부정도 하지 않고 있더니 이런 질문을 했다.

"이현상이 어떻게 죽었는지 혹시 알고 있소?"

이현상이란 6·25동란 중 지리산에서 빨치산의 두목 노릇을 한 사람이다.

"자세히 알 수 없습니다만 그 당시의 미국 타임지에 난 기사를 보았죠. '학자 빨치산의 죽음'이란 제목 아래 그의 죽음을 보도한 것인데 그 죽음은 미군이나 국군의 탄환을 맞고 죽었다고는 할 수 없는 이상한 점이 있다는 기사였다고 기억하고 있습니다."

노정필 씨는 아무런 반응도 보이지 않았다. 그러나 내 짐작으론 그 자신 이현상의 죽음에 의혹을 품고 있었는데 《북의 시인》을 읽고 그 의혹을 더욱 짙게 한 것이 아닐까 했다.

"공산당 내부의 암투가 꽤 치열했던 모양이죠?"

나는 이렇게 유도해보았으나 그는 여전히 말이 없었다.

"남로당과 북로당 사이의 암투는 대단했던 것 같은데."

이렇게도 말했으니 여전히 반응이 없어서 나는 《북의 시인》에 있는 재판 기록을 들먹이며 다음과 같이 말해보았다.

"박헌영과 이승엽을 미군의 스파이라고 해서 죽였는데 그렇다면 박헌영이나 이승엽의 지령을 받고 행동한 남로당원들은 모두 어떻게 되는 겁니까. 그 지령을 받고 일하다가 죽은 사람들은 어떻게 되는 겁니까. 노 선생도 그 지령을 받고 일하다가 이십 년 징역을 치르게 된 것이 아닙니까."

노정필 씨의 표정은 무겁게 굳어져 있었으나 역시 말은 없었다. 나는 공연히 그를 자극만 할 것이 아니라고 생각하고 화제를 돌려 주로 문학 이야기를 했다. 사르트르의 문학, 노먼 메일러의 문학, 헨리 밀러의 문학을 들먹이며 그들의 세계 인식의 내용과 방법 같은 것을 설명했다. 내 딴으론 노정필 씨를 경화된 마르크스주의자로 보고 마르크스주의 이외에도 생생하고 보람 있는 인생과 역사와 사회에 대한 인식이 있고 가치 있는 문학이 가능하다는 것을 증거 세워보고 싶었던 것이다.

그러나 노정필 씨는 조금도 흥미를 느끼는 것 같지 않더니 돌연 입을 열었다.

"라리사 라이스너의 책을 혹시 가지고 있어요?"

나는 그의 엉뚱한 질문에 놀랐으나 나의 장서가 풍부하다는 것을 자랑할 수 있는 기회가 생긴 것을 다행으로 생각했다. 그러나 곧 치사스런 허영이라고 느끼고 그런 허영을 노정필이 눈치채지 않을까 하고 얼굴을 붉혔다.

"가지고 있습니다. 꼭 한 권이지만요.《전선》이란 제목의 르포르타주를 가지고 있습니다."

그러나 그 책을 찾기 위해선 난잡하게 쌓아둔 고서의 더미를 헤쳐야 했기 때문에 이따가 찾을 요량을 하고 나는 다음과 같이 물었다.

"라리사 라이스너를 찾는 특별한 이유라도 있습니까?"

"……"

라리사 라이스너는 폴란드에서 나서 독일과 프랑스에서 자란 러시아의 여류 작가다. 10월 혁명에 가담하고 직접 전투에도 참가했다. 그 르포르타주를 내가 가지고 있는 것이다.

라리사는 열렬한 혁명 투사였으나 1923년 네프 정책에 회의를 느끼면서부터 소비에트를 비판하기 시작했는데 1926년 실의에 싸여 삼십 세의 젊은 나이로 죽었다. 소련은 트로츠키 파라고 해서 라리사 라이스너의 문학을 말살하고 말았다.

나는 노정필 씨가 동경 유학을 하고 있던 시대를 꼽아보며 라리사 라이스너의 아름다운 얼굴과 광채있는 문학에 노정필 씨는 청춘을 느꼈던 것이 아닐까 했다. 그러나 트로츠키 파에 흥미를 가지고 있는가를 묻고 이어

"파쟁 때문에 문학을 말살하는 그런 나라를 어떻게 생각하느냐."

라고 따졌다.

"이 선생은 철저한 반공 주의자구먼."

노정필 씨는 무표정하게 말했다.

"나는 결코 반공 주의자는 아닙니다. 공산주의자들이 쓰는 어떤 수단에 반대할 뿐이죠."

"작가는 언제나 대중의 편에 서야 할 것이라고 아는데."

"공산주의가 곧 대중의 편에 서는 주의일까요? 공산주의자는 공공연하게 부르주아 계급을 말살해야 한다고 외치고 있지 않습니까. 그런데 내가 보기엔 부르주아를 말살하는 동시에 인간도 말살하는 것 같던데요. 병을 고치려다가 사람까지 죽이는 서투른 의사 같은 데가 없잖을까요?"

"새로운 사회를 만들려면 무리도 있는 법이오. 생각해보시오. 1억의 인구, 또는 7억의 인구가 돈 걱정 하지 않고 살 수 있는 사회를 만들기가 그렇게 쉽겠소. 자본주의의 나라를 보시오. 인간 가운데 최량最良의 부분이 돈 걱정 때문에, 아니 돈 때문에 썩어가든지 파멸되어가든지 하고 있지 않소. 공산주의 사회엔 제1의 적으로 그런 병폐는 없을 것이 아니겠소. 일단 물질로 인한 노예 상태로부터 사람을 해방시켜놓고 보자니까 그 작업이 힘들 것 아니겠소. 인간의 참된 자유는 대다수의 사람이 물질로부터의 자유를 획득한 연후에 이루어지는 것이 아니겠소. 그런 전제가 없이 들먹이는 자유란 모두가 잠꼬대요. 잠꼬대."

노정필 씨는 한 마디 한 마디를 다짐하듯 천천히 말했다.

나는 그의 말에 대한 즉각적인 반발로

"감옥에선 돈 걱정을 안 하겠지요? 돈 걱정 안 하는 그 자유만으로 조금이라도 만족할 수 있습데까?"

하고 말했으나 노정필 씨가 그 무거운 입을 열어 긴 말을 했다는 사실이 무엇보다도 반가웠다.

나는 노정필 씨를 상대로 이론 투쟁을 할 생각은 전혀 없었다. 다만 그의 눈이 인간다운 빛을 띠고 그의 입이 인간다운 말을 할 수 있도록 바랐을 뿐이다.

나는 라리사 라이스너의 책과 함께 내가 쓴 책《소설·알렉산드리아》를 그에게 주었다. 마음의 탓인지 그 뒷모습에 인간다운 냄새가 풍겨나고 있는 것처럼 느껴졌다.

내가 찾아가면 노정필 씨의 부인은 반가워 어쩔 줄을 모른다. 남편이 입을 여는 것은 나에게뿐이기 때문이다. 내가 있으면 남편의 말소리를 들을 수 있기 때문이다. 부인은 그 화려했던 청춘을 눈도 코도 없는 세월 속에 날려 보내고 모진 서리를 맞은 국화꽃처럼 시들어가고 있는 것이다.

그 인생도 처량하다고 할 수가 있다. 노정필 씨는 옥중에서 이십 년 징역살이를 하고 부인은 밖에서 이십 년 징역살이를 했다.

바로 오늘 낮에 있었던 일이다.

찾아갔더니 노정필 씨는 벽을 등지고 반눈을 감은 채 앉아 있었다.

예나 마찬가지로 앉으란 인사도 없다. 나는 부인이 권하는 방석 위에 앉았다. 방안은 써늘했다.

"이 양반이 글쎄 겨울에도 방에 불을 넣지 못하게 한다오. 그러나 손님이 왔으니까 난로라도 지펴야지."

하고 부인은 석유난로에 성냥불을 그어댔다. 순식간에 온기가 돌았다. 나는 외투를 벗었다.

노정필 씨는 아무 말도 않고 몇 달인가 전에 그에게 주었던 나의 책 《소설·알렉산드리아》를 집어 들고 한 군데를 펴선 내 앞에 놓았다.

연필로 괄호를 해놓은 부분이 있었다. 그 부분의 내용은 이러했다.

"어떤 죄명으로 당초엔 사형 선고를 받았다가 무기형으로 감형되어 13년을 복역한 죄수가 있었다. 그런데 이 죄수의 기왕 지은 죄가 또 하나 발각되어 다시 재판을 받고 이번에도 사형 선고를 받았다. 무기형으로 복역하고 있는 죄수이기 때문에 정상 재량의 여지도 없다고 해서 극형이 언도된 것이다. 그 죄수의 형 집행에 입회한 어떤 담당(그 사람은 그 일에 입회한 직후 형무관직을 그만두었다.)이 그 죄수의 마지막 말을 다음과 같이 전했다.─나는 이왕 당하게 되었으니 하는 수 없지만 내 뒤엔 다시 이렇게 참혹한 일이 없도록 했으면 좋겠다."

나는 하필이면 이 구절에 괄호까지 해놓고 내게 보이냐는 투로 눈으로써 물었다.

"그 사람이 누군지 알았소?"

노정필 씨는 허허하게 눈을 뜬 채 말했다. 그 사람이란 다시 재판을 받고 사형된 사람을 뜻하는 것이 분명했다.

"모릅니다."

"그 사람은 내 아우요."

"엣!"

하고 나는 놀랐다.

"바로 내 친아우요."

그의 앉은 자세는 미동도 하지 않은 채 입만 움직였다. 격한 감정이 응고되어 돌이 되었다는 느낌이었다. 그러니 돌이 말하고 있는 셈이다.

"이름을 들먹이면 이 선생도 알 거요. 노상필이란 이름인데."

"노상필!"

하고 나는 또 한번 놀랐다.

"노상필 씨가 노 선생의 아우였습니까."

"그렇소. 중학교 때 한 또래가 아니었소?"

"2년 선배 됩니다."

나는 뭐라고 말을 이을 수가 없었다. 엊그제 본 얼굴처럼 노상필의 모습이 뇌리에 떠올랐다.

당시 노상필은 미남자라고 해서 교내외에 평판이 높았을 정도로 단정한 얼굴과 균형 잡힌 체구를 가지고 있었다.

"그 애는 내가 죽인 거나 마찬가지요."

그 말투는 창자를 찢는 듯이 비참했다. 냉방에 불을 지피지 않고 겨울을 지내려고 한 그의 마음이 등골에 얼음을 댄 것처럼 내 가슴에 저려왔다. 그러고 보니 노정필 씨의 그 돌이 되어버린 자세는 자기가 겪은 이십 년 징역 때문이 아니고 육신의 처참한 죽음을 겪은 그 충격 때문이 아닐까 했다.

부인이 술상을 차려가지고 들어왔다. 노정필 씨는 술에도 담배에도 손을 대지 않는다. 나 혼자 피우고 마시고 할 수밖에 없었지만 무료히 벽에 기댄 돌을 대하고 있기보단 낫다는 심정이 들었다.

한참 동안을 침묵한 채 있은 뒤 내가 물었다.

"라리사 라이스너를 읽었습니까?"

그 말엔 대답하지 않고 노정필 씨는

"이 선생은 어떤 각오로 작가가 되었습니까?"

"기록자가 되기 위해서죠."

"기록자가 되는 것보다 황제가 되는 편이 낫지 않겠소?"

말의 내용은 빈정대는 것이었지만 투엔 빈정되는 냄새가 없었다.

"나는 내 나름대로의 목격자입니다. 목격자로서의 증언만을 해야죠. 말하자면 나는 그 증언을 기록하는 사람으로 자처하고 있습니다. 내가 아니면 기록할 수 없는 일, 그 일을 위해서 어떤 섭리의 작용이 나를 감옥에 보냈다고도 생각합니다."

제법 건방진 소리라고 내 자신 생각하면서도 나는 이렇게 버티어 보였다.

"이 선생은 어느 간수로부터 그 얘기를 들었을 때 그렇게 죽은 사람의 이름이 뭐냐고 물어보기나 했소?"

"물어보지 않았습니다."

침묵이 흘렀다. 그러나 그 침묵의 뜻을 나는 알아차렸다. 말로 번역을 하면 이렇게 될 것이었다.

'기록자를 자처하는 놈이 그런 끔찍한 얘기를 듣고도 이름을 물어볼 용의도 없었소?'

아니나 다를까 노정필 씨는 다음과 같이 말했다.

"당신이 쓴 《소설·알렉산드리아》라는 것을 읽어 보았소. 그런데 그건 기록자가 쓴 기록이 아니고 시인이 쓴 시라고 보았소."

나는 듣고만 있을 수밖에 없었다.

"기록은 철저해야만 비로소 기록이 될 수 있는 것 아니겠소? 시인의 감상은 그것이 아무리 훌륭해도 기록은 될 수 없을 겁니다. 기록이 되려면 시와 결별해야 하오. 기록자는 자기 속의 시인을 추방해야 할 거요."

나는 노정필 씨의 이 말에 얼떨떨했다.

기록이 문학으로서 가능하자면 시심 또는 시정이 기록의 밑바닥에 지하수처럼 스며 있어야 한다는 것이 나의 문학 이론이었다. 그래야만 설득력과 감정 이입이 함께 가능하다고 믿고 있었던 것이다.

"비참에게 아름다운 의상을 입힐 필요가 없다고 생각합니다. 단정한 형식을 꾸며내기 위해서 시체를 두부모처럼 잘라 놓을 필요가 없다고 봅니다."

나는 일단 반발하지 않을 수 없었다.

"나는 기록이자 문학인 것을 노리고 있는 겁니다. 문학이자 기록이라고 바꿔 말해도 좋지요."

노정필 씨의 표정은 더욱 싸늘하게 되었다.

"기록의 뜻 이외에 문학이 무슨 뜻을 가졌다고 생각하는 걸 보니 이 선생은 시인입니다."

시인이 뭣이 나쁘냐고 반박하고 싶었지만 일단 그의 말을 들어두기로 했다.

노정필 씨는 말을 이었다.

"시는 구체적인 슬픔, 개체적인 죽음을 추상적으로 일반적으로 페인트칠해선 슬픔의 또는 죽음의 또 다른 의미가 있는 것처럼 꾸밉니다. 시는 바위 덩어리와 같은 비참을 노래해서 사람을 취하게 하는 술과 같은 액체를 만들어냅니다. 허무를 노래해서 허무에도 원인이 있고 그 원인을 잘라 없애야겠다는 의욕을 마비하게 합니다. 시는 또 절망을 노래해서 절망 속에 무슨 구원이 있는 것처럼 조작합니다. 복잡한 것을 간단하게 꾸미서 사태의 진상과 멀리하고 총알 하나면 말살할 수 있는 인간을 무슨 대단한 것처럼 추켜올리기도 하면서 무수한 생명을 짓밟은 발에 찬사를 써넣은 꽃다발을 보냅니다."

내가 무슨 말을 하려고 하자 그는 여유를 주지 않았다.

"시인은 패배를 미화해가지곤 모든 사람이 패배자가 되도록 권유합니다. 당신의 《소설·알렉산드리아》는 그러한 시인의 교활한 작품이오. 모든 사람이 술에 취하지 않고 깨어 있어야 할 판인데 당신의 시인은 지옥을 천국처럼 그려 읽는 사람을 취하게 했단 말이오. 당신의 시인은 감옥에서 나가면 사형 폐지 운동을 해야겠다고 했는데 그래 당신은 사형 폐지를 위해 무슨 노력을 했소. 그저 문학을 했다는 말만 가지고 통할 것 같소? 당신의 시인은 세상을 기만하고 당신 자신마저도 기만했단 말이오."

나는 완전히 말을 잃고 말았다. 노정필 씨는 돌처럼 자세를 그냥 지니고 말을 이었다.

"이 선생은 간혹 내 앞에서 마르크스주의의 과오 같은 것을 증명해 보이려고 하는데 그런 수작은 앞으로 말도록 하시오. 나와 마르크스주의와는 아무런 관계도 없소. 내가 이해한 마르크스주의는 꼭 같은 물인데도 젖소가 먹으면 젖이 되고 독사가 먹으면 독이 된다는 이치일 뿐이오."

나는 다음 말을 기다렸으나 노정필 씨는 그 이상 말을 하지 않았다.

다시 다물어진 입은 언제 말을 했더냐는 식으로 생기를 잃고 있었고 눈에도 아무런 빛이 돋아 있지 않았다. 표정은 싸늘한 석고상을 닮고 있었다.

노정필 씨가 어떤 이유로 그렇게 많은 말을 한꺼번에 쏟아놓았는가를 알 수가 없다. 그것은 내게 대한 미움 때문이 아니었을까 한다. 성실성도 모자라고 각오도 돼 있지 않은 인간이 기록자를 자부하고 나선 데 대한 반발이었는지도 모른다. 노정필 씨의 눈으로 보면 나는 설익은 글재주를 부려 자기 자신을 기만하고 세상을 농락하고 있는 얄팍한 속물로밖에 보이지 않았을 것이었다. 엄격하게 인생을 살아보지도 못한 주제에 심각한 문제를 건드리고 인간으로서의 최소한도의 지조도 지키지 못하면서 피와 눈물로써 인간의 품의를 지킨 사람들을 모독하는 것 같은 나의 언동이 심히 못마땅했을 것이었다. 어쩌면 그는 나의 가면을 갈기갈기 찢어버리고 싶은 충동에 사로잡혔는지도 모른다. 그럴 목적으로 그는 엉뚱하게도 내게서 시인을 추출해선 신랄한 비난을 퍼부은 것이리라. '시인'이란 말을 '너 같은 놈'이라고 바꾸어놓았으면 노정필 씨의 진심이 그냥 표현되었을 것이었다.

그는

"당신은 사형 폐지 운동을 해야겠다고 했는데 그래 당신은 사형 폐지를 위해서 무슨 노력을 했소."

하고 따졌는데 그것은 바로 나의 조작된 센티멘털리즘에 대한 화살이었다.

그는 나의 《소설·알렉산드리아》를 읽고 싸늘한 분노를 느꼈던 것이 분명했다. 육신의 동생을 사형장에서 잃은 사람, 그 자신 죽음의 고빗길을 몇 차례 겪고 이십 년의 감옥살이를 한 사람의 눈으로 보았을 때, 나의 작품은 잔재주를 부리기 위해선 신성 모독까지를 삼가지 않는 가장 저열하고 가장 비굴하고 가장 추악한 심성을 증거물처럼 보였을 것이다.

지금 조용히 앉아 생각하니 노정필 씨의 마음의 가닥가닥이 유리를 통해 들여다본 수족관의 내부처럼 선명하게 보인다. 내게 죄가 있다면 그런 사람 앞에 어줍잖은 나의 작품을 호락호락 내보였다는 바로 그 사실이다.

그러나 나는 후회하지 않겠다. 사람은 나름대로 살아갈 수밖에 없다. 나의 경솔함이 설혹 그의 경멸을 자초한 결과밖에 되지 않았다 하더라도 그 사실을 통해 노정필 씨의 인간 회복을 촉진시켰다는 보람은 있었을 것 아닌가. 그는 그가 지닌 모든 미움을 보물처럼 아끼기 위해서 입을 다물어버릴 각오를 한 사람임에 틀림이 없는데 내게만은 그 미움을 털어놓지 않을 수 없었다. 그런 사람의 미움을 받을 수 있는 사실만으로서도 내겐 존재 이유가 있다는 역증명이 되지 않는가.

노정필 씨는 오늘도 내가 그 집을 나올 때 인사말이 없었다. 이를테면 철저한 황제로서의 처신이었다. 나는 바로 그 점을 기점으로 해서 그를 경멸할 재료를 만들 수 있다. 그가 어떤 주의와 사상으로 잔뜩 무장한 성城이라고 치고, 내가 철저하게 서두르기만 하면 그 무장이 기실 돈키호테의 갑옷이며 그 성의 내부는 거미줄로 꽉 찬 폐품 창고나 다름없다는 검증을 해낼 수 있을지도 모른다. 그가 쌓고 겪은 경험의 진실이란 것이 사실은 녹슨 칼과 창이라는 것을 증명할 수 있을는지도 모른다. 어떤 착각을 신념인 양 오인하고 있는 하나의 폐인廢人을 발견할지도 모르지만 설혹 그렇다고 치더라도 나는 그를 우리 민족의 수난이 만들어낸 수난의 상징으로 보고 소중히 감싸줄 아량을 가지고 있다. 나는 그로부터 경멸을 받으면서도 예의를 잃지 않았다. 그의 도발에 성내지도 않았다. 내가 그에게 접근한 덴 아무런 불순한 동기도 없었다. 그는 그것마저 경멸할지 모르지만 인간적인 호의, 약간의 호기심, 그런 것뿐이었다. 나는 다시 쑤저우 성 외에서 오니시의 칼에 목을 베인 중국 청년의 눈과 입을 상기한다. 그 눈과 입에 닮은 눈과 입을 가졌다는 사실만으로 나는 노정필 씨에게 대한 노여움을 풀어야겠다는 마음이 든다. 이 마음과 더불어 또 하나의 얼굴이 솟아난다.

그 얼굴의 주인공은 셰둥슈瀨東脩, 열두 살 난 중국의 소년이다. 내가 속한 중대가 창수 시의 근교, 칭장진淸江鎭이란 곳에 일시 주둔한 적이 있다. 논에 벼가 푸르르고 사탕수수가 어른의 키를 훨씬 넘도록 자라고 연못엔 연꽃이 청정한 소녀가 하늘을 향해 합장하고 있는 것 같은 봉오리를 피우고 있는 무렵이었다.

어느 날의 대낮, 중대원들은 전원 진지 구축의 작업에 나가고 나 혼자 막사를 지키고 있었다. 그러다가 하도 더워 크리크運河의 물에 발을 담글 요량으로 크리크 언저리에 만들어놓은 나무대 위에 올라앉았는데 그 나무대가 부러지는 바람에 나는 물속으로 빠져들었다. 깊은 물속인 데다가 헤엄이라곤 칠 줄 모르는 나는 버둥거리기만 하는데 그럴수록 깊이 빠져들기만 했다. 간혹 새파란 하늘이 보이고 강둑의 수양버들이 보이고 했다. 나는 버둥거리면서도 "이것이 죽는 것이로구나" 하는 의식만 바쁘게 회전시키고 있었다. 그러고는 의식을 잃었는데 의식을 회복한 것은 사탕수수밭에서였다. 셰둥슈란 소년이 지나가다가 물속에 빠져 있는 나를 보고 크리크에 뛰어들어 익사 직전에 있던 나를 구해낸 것이었다.

나는 그 소년으로부터 대충 설명을 들으면서 왠지 쑤저우 성 외에서 참사당한 그 청년을 생각했다. 만일 이 소년이, 내가 그런 광경을 지켜보고만 있던 사람이란 걸 알았으면 과연 나

146

를 구해주었을까 하는 생각이 떠올랐던 것이다. 그 뒤 나는 그 소년과 친숙하게 지냈다. 소년이 권총을 갖고 싶어하기에 병기창에 있는 친구를 꾀어서 원수 외의 권총을 그 소년에게 주었다. 그것이 화인이었다.

도망병을 색출하기 위해 헌병대가 마을을 뒤지는 바람에 그 권총을 셰둥슈의 서랍 속에서 발견한 것이었다. 셰둥슈의 부모는 중경에 있었고 그 집엔 할머니와 셰둥슈 둘만이 있었다.

헌병들은 셰둥슈를 동리 앞 정자나무에 꽁꽁 묶어놓고 권총의 출처를 대라면서 고문하기 시작했다. 내가 나설 눈치를 보자 셰둥슈는 심한 구타 때문에 통통 부은 눈을 억지로 뜨고 내게 나서지 말라는 뜻으로 입을 다물어 보였다. 셰둥슈는 두들겨맞는 고통보다도 내가 고백하지 않을까 하는 데 대해 더욱 신경을 쓰는 눈치였다. 셰둥슈는 심한 매질 끝에 드디어 실신하고 말았다. 해가 질 무렵, 헌병들은 실신한 셰둥슈를 배에 태웠다. 창수 시에 있는 본부로 데리고 갈 작정으로 보였다. 작업터에서 돌아온 중대장에게 나는 셰둥슈를 구해달라고 애원을 했다. 헌병들은 중대장의 간곡한 부탁을 간단히 거절했다. "무기의 문제이니까요. 일본군에서 나간 게 틀림없으니 이건 대문제입니다" 하고 헌병대장은 다시 중대장의 말을 들으려고도 않았다. 배는 떠났다. 통통통 하는 얌머 소리가 어둠의 저편으로 사라져갈 무렵이었는데 난데없이 총을 난사하는 소리가 들렸다. 총소리가 멎자 다시 얌머 소리가 연거푸 들리더니 헌병들이 돌아왔다. 실신한 줄로만 알고 배 속에 그냥 뉘어두었더니 창수와 쿤산昆山으로 가는 수로의 갈림길에서 셰둥슈가 물속에 기어들어갔다는 것이었다. 셰둥슈의 물 재주를 아는 나는 안도의 한숨을 내쉬었다. "마을에 나타나면 붙들어두시오" 하는 말을 남겨놓고 헌병들은 떠났다. 나는 식사를 하는 둥 마는 둥 하고 수로를 따라 쿤산 쪽으로 걸어내려갔다. 그랬는데 바로 가까이 사탕수수밭 속에서 "셴셩(선생님)" 하는 셰둥슈의 소리를 들었다. 나는 그를 끌어안고 실컷 울었다. 때마침 달이 솟아올랐다. 셰둥슈의 얼굴은 보기조차 민망스러울 정도로 일그러져 있었다. 나는 막사로 돌아와 건빵과 모포를 가지고 다시 그곳으로 돌아왔다. 그리고 먹을 것을 날라다줄 것이니 그곳에 그냥 있으라고 이르고 셰둥슈의 집을 찾아 그의 할머니를 안심시켰다.

그 일이 있고 사흘 후에 일본의 항복이 있었다.

셰둥슈는 지금 사십 세의 장년이 되어 있을 것이다. 열두 살의 나이에 보여준 그 야무진 의지력이 반드시 훌륭한 인격으로 그를 키웠음에 틀림이 없다. 셰둥슈를 생각하는 것은 내게 있어서 인생을 생각한다는 뜻이고 용기를 생각한다는 뜻이고 기필 내 인생을 보람있게 해야 한다는 다짐으로 된다.

만약 셰둥슈가 엉거주춤한 나의 생활 태도를 알면, 노정필 씨 같은 사람으로부터 경멸을 당해 마땅한 사람이란 걸 알면 어떤 생각을 할 것인가!

노정필 씨는 시인이 아닌 나를 보고 시인이라고 했다. 시인을 무슨 대역을 범한 죄인처럼 비난하고 그 비난을 결국은 나에게 돌렸다. 과연 그럴 수 있는 일일까. 말하자면 시인은 나 때문에 본의 아닌 모욕을 받은 셈이다. 나는 그 시인들을 위해 변명해야 할 것이 아닌가. 그러자면 노정필 씨가 미워하는 시인이 되어야 할 것이 아닌가. 내 속의 시인을 발견해선 그 시인을 가꾸어야 할 것이 아닌가. 만 권의 기록을 한 줄의 시로써 능가할 수 있는 시를 증거로써 제시해야 할 것이 아닌가. 그리고 그 심판은 셰둥슈에게 맡겨야 할 것이다.

노정필 씨는 아마 하늘은 비가 오기 위해서 있고, 거리는 교통사고를 있게 하기 위해서 있고, 집은 그 속에서 사람이 죽기 위해서 있고, 성공보다도 빛나는 실패를 위해 인생은 있다는 것을 모르는 모양이다. 기록하지 않기 위해서 기록이 있고, 시를 쓰지 못하기 때문에 장황한 기록이 있다는 것도 모르는 모양이다. 용광로의 정열이 없으면 빙화하는 정열이라도 있어야 한다. 때론 허무를 보다 정치精緻하게 하기 위해서 천재를 필요로 할 때가 있다. 노정필 씨의 인간 회복은 그러고보니 그가 미워하는 환각을 기르는 길 이외엔 달리 도리가 없는 것 같다. 환각이 곧 시가 아닌가 환각 없이 노정필 씨는 그 가혹한 경험을 인간화할 방도가 없는 것이 아닌가.

노정필 씨는

"기록자가 되기보다 황제가 되는 것이 낫지 않겠느냐?"

고 나를 비꼬았다.

그때 내가

"돌이 되는 것보다 황제가 되는 게 낫지 않겠느냐?"
고 응수하지 못한 게 유감스럽다.

……

회상의 흐름도 현재를 살기 위해선 그 흐름을 멎게 해야 할
시간이 있다. 나는 불면不眠의 백지白紙를 펴고 굵다랗게 "어느
황제의 회상, 끝"이라고 쓴다. 끝이란 글자가 끝나기도 바쁘게
안양의 뒷골목이 나타나고 그 뒷골목에서 만난 어느 친구의
모습이 다가선다.

"여기 무슨 일로."

나는 뜻밖의 장소에서 뜻밖의 친구를 만난 놀람으로 물었다.

"자네는?"

그는 당황함을 감추지 못하고 되물었다. 나는 간단하게 안
양엘 온 이유를 설명할 수 있었다. 그러나 그의 설명은 몇 잔의
술과 몇 시간이란 시간의 경과를 필요로 했다.

경건한 가톨릭의 신자인 그 친구는 자기의 잘못을 고해할
신부를 찾아 안양까지 온 것이었다.

"서울엔 신부가 없나?"

"서울의 신부님들은 모조리 다 찾았어."

"같은 신부님께 다시 고백하면 안 되나?"

"안 될 것은 없지. 그러나 꼭 같은 과오를 몇 번이고 같은 신
부님께 고해하기가 거북해서."

"무슨 과온데."

"나는 요즘 어떤 여자를 사랑하고 있다. 그 이상은 묻지 말

150

게."

그의 웃음은 쓸쓸하다기보다 수줍었다. 그 친구는 2년 전 상처를 했다. 아직 재혼할 생각도 없어 보였는데 어쩌다 어떤 여자를 사귀게 된 모양이었다. 나는 그 얘기를 듣고 슬며시 감격했다. 인간의 성실이라는 것을 보는 것 같은 느낌이었다. 인간의 성실이란 원래 그런 정도의 것이 아닐까. 사랑을 하고 죄를 느끼고 그리고는 고해를 하고, 고해를 하고도 사랑을 하고 또 죄를 느끼고 고해할 신부를 찾아 다음다음으로 찾다가보니 서울의 신부가 바닥이 났다. 안양까지 신부를 찾아가야만 했다.

"안양의 신부도 바닥이 나면?"

"왜관까지라도 가야 되겠지."

그의 대답엔 구김이 없었다. 경박함도 없었다. 심각함을 꾸미는 제스처도 없었다. 인간 그대로의 천진한 모습이 있을 뿐이었다.

돌이 되어버린 무신론자의 노정필과 인간의 천진성을 그대로 지닌 그 친구의 얼굴을 비교해본다. 그 친구의 역경이 결코 노정필의 역정에 비해 수월했다고는 말할 수가 없다. 일제 때는 병정에 끌려나가 생사의 고비를 헤맸다. 전범 재판에서 하마터면 전범의 누명을 쓰고 처형될 뻔한 아슬아슬한 고비도 있었다. 6·25동란 때는 친형을 잃었다. 그리고 2년 전엔 이십 수년을 애지중지해온 부인을 잃었다. 게다가 사형 선고나 마찬가지인 병의 선고를 받고 한동안 사경을 방황하던 때도 있었다. 그러나 그는 언제나 활달하려고 애썼고 스스로의 고통

때문에 주위의 사람을 우울하게 하지 않으려고 신경을 썼다. 어떤 중대한 일도 유머러스하게가 아니면 표현을 못 하는 수줍은 성격이기도 했다. 출중한 어학력을 가지고 있으면서 도리어 그것을 부끄러워하는 태도마저 있었다. 어학의 부족을 한탄하는 나를 보고 그는 "대인大人은 외국어를 잘 씨부릴 필요가 없다"는 말로써 위로했다. 보다도 가장 중요한 일은 철저한 천주교의 신도이면서도 자기의 천주를 강요하지 않았다. 기껏 이런 말을 할 정도였다.

"자네 모든 것이 다 좋은데 꼭 한 가지 탈이 있어. 그건 천주님을 모르는 일이다."

노정필 씨와 이 친구를 비교해서 우열을 말할 수는 없다. 그러나 인간은 인간적인 사람을 좋아하게 마련이다. 나는 천주교를 믿을 생각은 없지만 그 친구의 천주만은 믿고 싶은 생각이 있다.

인간이 보다 인간적일 수 있도록 하는 계기가 되는 천주란 기막힌 존재가 아닌가.

그런데 그 친구는 죽었다…….

학병 세대의 문학사 공백 메우기

김윤식(문학평론가, 서울대 명예교수)

1. '노예 사상'을 혼자 안고서

6·25체험 세대의 글쓰기가 60년대 문단 주류임을 염두에 둘 때, 전 세대인 학병 세대의 글쓰기의 등장은《소설·알렉산드리아》투의 로만스계의 파격적 행위가 요망되지 않으면 안 되었을 터이다. 학병 세대의 처지에서 보면 이 나라 문학 판이 살펴지 않고 '건너 뛴 부분'이 너무나 뚜렷이 보였다. 왈, "자학할 정도로 반성하고 자조할 정도로 자학해야 했고 일제에의 예속을 문학자 개인의 책임으로서 해부하고 분석해야 할 그러한 청산이 이루어진 끝에 새로운 문학이 시작되어야 했었다"(《관부연락선》연재〈작가의 말〉,《월간중앙》, 1968. 4). 그러나 작가 이병주는 실상 그 단계가 빠졌다고 판단했다. 이 공백을 혼신의 힘으로 메우고자 한 것이 그의《관부연락선》이고 또〈지리산〉(《세대》, 1972. 9~1978. 8)이다. 그렇지만 이 공백기를 나름대

로 메우기 위해서는 모종의 방편이 요망되었는 바, 그 첫 시도가 《소설·알렉산드리아》이며 그 두 번째 시도가 〈마술사〉(《현대문학》, 1968. 8)이다. 가장 전통적이고 보수적인 《현대문학》을 향해 작가 이병주는 무엇을 겨냥하고자 했을까.

2. 문단 문학과의 거리 재기

이병주 글쓰기의 서두와 결미는 일정한 방식을 취하고 있고 또 그것은 그 나름의 전형성에서 찾아진다. 이 작품, 〈마술사〉도 예외가 아니다. 주인공의 형은 옥중에 있고, 정작 화자는 형의 대변인으로서의 아우로 설정되어 있다. 이러한 사정은 《관부연락선》에서도 비슷한데, 옛 대학 동창생인 일본인 E의 의뢰로 주인공의 행방을 찾아가는 '나'의 서사로 진행된다. 이 같은 서사 구조 방식은 적어도 세련된 근대 단편 미학에서는 기피함이 일반적이다. 《현대문학》지에 실리는 소설이란 이미 이런 식의 유치한 방식과는 무관하다. 그럼에도 이병주는 《현대문학》지에 〈마술사〉를 실었고, 그 서두는 이렇게 되어 있다.

팔 년 전의 일이다.
늦은 가을, 추수는 거의 끝나고 보리갈이까지의 잠깐 동안을 한숨 풀리고 있는 것 같은 기분이 산야에 감돌고 있을 무렵이

었다. 나는 지리산 산록의 S라는 소읍, 어떤 여인숙에 묵고
있었다.

〈마술사〉 (바이북스, 2011), 8쪽

선영의 묘사 참례 기타 용사로 들렀다가 장마로 발이 묶여
여인숙에 머무는 동안 겪은 얘기를 들려주겠다는 것이다. 이
서론이 무려 열두 쪽에 이르고 있을 정도다. 웬만한 단편 한편
분량이다. 그 여인숙에 곡마단이 머물렀다는 것, 그들이 마술
사로 자처하는 인물을 집단 구타했다는 것, 그 곡절이 여사여
사했다는 것, 신분을 밝히지 않은, 그러니까 근대 소설과는 동
뜬, '나'는 밑도 끝도 없이 거금이 있는 자인지라 돈으로 궁지
에 몰린 마술사를 구출했다는 것, 그 마술사로부터 여사여사
한 얘기를 들었다는 것. 이 긴 서론에서 본론 격인 마술사의 일
대기가 시작된다.

마술사의 이름은 송인규. 충남 모 상업학교 출신으로 1941
년 일군 지원병으로 나갔다. 나남 20사단에 입영한 것은 1942
년 2월이었고, 그가 속한 공병 대대는 미얀마의 도시 만달레이
에 상륙했다(실제로 학병 이가형, 박수동 등이 여기에 투입되었다.
이가형, 《버마전선패잔기》, 《신동아》, 1964: 박수동, 《모멸의 시대》,
《신동아》, 1965. 9 참조. 후자는 조정래의 《태백산맥》의 김범우의 모
델). 1943년 마쓰야마 일등병으로 창씨개명 된 송인규는 포로
감시원으로 차출된다(실제로 일본군은 포로 감시원으로 조선인 병
사를 사용했는 바, 훗날 연합군에 의해 B전범으로 분류되어 전범 재

판을 받는다. 유명한 소설 《콰이강의 다리》에서는 다음과 같이 묘사된다. "니콜슨 대령은 두 사람의 거인에게 끌려갔다. 그들은 둘 다 조선인으로 사이토의 호위병이었다." "한 주 동안을 그는 고릴라 같은 조선인 보호병의 얼굴밖에 볼 수 없었다."-오정자 역). 거기서 송인규는 인도인 포로 크란파니를 만난다. 둘은 서로 마음이 통했고 악랄한 조선인 히로카와 중위의 감시를 피해 기회를 보아 마침내 둘은 탈출에 성공한다. 크란파니는 최하층민 출신의 간디 숭배자라는 것, 직업은 마술사. 미얀마 소수 민족 속에 살면서 아내 인레를 교육시켰다는 것. 1944년 1월 송인규는 이 집 식객이 되었다. 송인규는 10년을 기약하고 마술을 배운다. 그 마술은 여사여사하다. 10년이 지났을 때 드디어 마술의 문이 열렸다. 그것은 인레의 도움에 의해서였다. 두 사람은 한 몸이 되었다. 가끔 집에 들르는 크란파니는 지금은 1953년 3월이라는 것, 한국은 남북 전쟁 중이라는 것, 인레와 함께 귀국하라는 것. 단 조건이 있었다. 신 앞에서의 서약이 그것. 앞으로 어떤 일이 있더라도 인레 이외의 여자를 알아서는 안 된다는 것. 인레가 이 세상에 없어지든 인레가 어떤 행동을 취하든 마찬가지라는 것. 그러나 인레는 결국 고국을 떠나지 않았고, 송인규 혼자 홍콩, 일본을 거쳐 귀국했다. 일본에서 송인규는 한쪽 눈을 잃는다. 마술이 실패했기 때문. 왜? 신 앞에서의 맹세를 어겼으니까. 귀국해서도 마술은 실패할 수밖에. 딴 여자를 알았기 때문. 요약컨대 이러지도 저러지도 못하는 마술을 잃은 마술사의 얘기.

그런데 작가는 서론에 대응하는 결론을 '돈푼이나 있을 성부른 너를 곡마단원들이 등쳐먹었다는 지적'으로 처리한다. 이렇게 말한 후에 작가는 '그렇더라도 그런 얘기라도 있는 편이 세상살이에 필요하지 않을까' 라고 결론을 내렸다.

> 그처럼 세상과 사람을 의심한대서야 어디 살맛이 있겠느냐고 했더니, 그 친구의 결론은 다음과 같았다.
> "그러니까 그게 바로 마술이란 말이다. 환각의 전달이란 말이다. 마술은 화술이라고 하더라며? 그런 뜻에서 송인규란 자는 틀림없는 마술사란 말이다."
>
> 〈마술사〉, 93쪽

이는 지금까지 진지하게 말한 마술사의 일대기를 일종의 웃음거리로 만든 형국이 아닐 수 없다. 《현대문학》에 실리는 김동리의 〈홍남철수〉(창간호), 황순원의 〈무서움〉(2호) 등과 비교해보면 이런 서론, 결론의 얘기 구조란 고담이거나 〈천일야화〉의 차원이라 할 것이다. 이런 식의 얘기 방식은 대중 교양지 《세대》, 《월간중앙》, 《신동아》 등에나 알맞은 것이었다. 이들 대중교양지와 《현대문학》 등 순수 문예지를 가르는 결정적인 지표는 과연 무엇이었을까.

결론부터 말하자면, 〈마술사〉를 비롯한 이병주 글쓰기 작업에서 형상화는 눈을 씻어보아도 없다. 있는 것이라곤 얘기뿐. 이 경우에도 얘기란 모두 다른 사람으로부터 '들은 것'이다.

그 결과는 저절로 《아라비안나이트》처럼 황당무계하게 된다. 얘기꾼으로서는 훌륭할 수 있겠지만 소설가로서는 최하이거나 존재 이유가 없게 된다. 얘기만큼 재미있는 것은 따로 없지만 소설은 재미와는 별개의 영역이기 때문이다. 그러나 김동리의 경우에는 사정이 다르다. 동지에 게재되었던 〈홍남철수〉는 이른바 묘사 급에 든다. 그리고 그것은 바로 현장성에 직결된다. 독자로 하여금 바로 그 현장에 임해 상황을 직접 체험케 함에 묘사의 기능이 있는 것이라면, 그냥 전해들은 얘기를 또 다른 사람에게 말로 전하는 방식이란, 허망한 과장이 난무하기 마련이다. 통속적으로 말해 일종의 허풍 급에 드는 것이다.

이처럼 《세대》나 《월간중앙》의 대중적 독자층에 알맞은 얘기를 어째서 굳이 이병주는 소수에 지나지 않는 순문학 독자층에 읽히고자 시도했을까. 당연히도 그에겐 그만한 이유가 있었는데, 〈마술사〉의 표현으로 하면, "죽는 한이 있더라도 말할 수 없는 이유란 것도 있고, 그렇게 할 아무런 이유도 없는데 꼭 그렇게 하여야 할 일도 있고, 그게 인생이 아니겠습니까"(21쪽)가 된다. 그 이유는, 포로 감시병인 송인규(마쓰아마)에게 인도인 포로인 마술사 크란파니가 한 다음과 같은 말에서 왔다.

"용병은 개나 짐승이나 다름없습니다."

〈마술사〉, 31쪽

이것은 작가 이병주 자신을 고발하는 통렬한 아이러니가 아닐 수 없다. 곧 학병으로 일군에 끌려가 용병 신세가 된 자신을 포함한 4385명에 대한 일종의 항변이 아닐 수 없다. 그는 이 기막힌 아이러니를 그냥 얘기(역사)가 아닌 문학(예술)으로 승화시키고 살았을 터이다. 그러나 그에겐 얘기 쪽이 너무도 무거워 문학적 운신에 이르기 어려웠던 것이다.

3. 문학사의 공백 메우기

《소설·알렉산드리아》로 논설위원(저널리즘)에서 소설가로 변신했다고는 하나 이병주의 출발점은 《세대》지였다. 《신동아》, 《월간중앙》과 더불어 종합 교양지인 《세대》인 만큼 《현대문학》이나 《문학사상》 등 순문예지와는 일정한 거리가 있었음에 주목할 것이다. 전자와 후자의 독자층은 아주 별개라 하기는 어렵지만 거기에는 대중성과 예술성이라는, 눈에 보이지 않는 선이 당시로서는 분명히 있었다. 논설로 말미암아 2년 7개월의 실형을 살고 나온 이병주는 이것은 절대로 논설이 아니라 '소설'이라고 깃발처럼 내세워 글쓰기 판에 뛰어들었고, '소설'인 만큼 '백장의 사건'을 들먹거려도 허황한 옛 도시 알렉산드리아에 모여든 온갖 천일야화를 펼쳐도 아무 상관이 없었을 뿐만 아니라 독자의 호응을 여지없이 이끌어낼 수조차 있었다. 그것은 이병주 특유의 지적 흥미 곧, 대중보다는 조금

고급한 사상적 교양(지식)의 덕분이었다. 그렇지만 이왕 소설판의 글쓰기에 나선 마당이라면, 순문예지의 문단 쪽에도 나아감이랄까 적어도 그 쪽의 승인이 요망되었을 터이다. 적어도 문단 쪽에서는 추천 제도라는 엄격한 승인 절차가 진작부터 마련되어 있었고, 그 관문 통과 없이는 적을 올릴 수 없었음이 원칙이었다. 《소설·알렉산드리아》는 그런 절차를 깡그리 무시한 것이었는 바, 《세대》이기에 가능한 일이었다. 일단 《세대》에서 그는 문예지 쪽으로 눈을 돌려 보았는 바, 그 첫 번째 시도가 〈마술사〉(《현대문학》)이었고, 두 번째는 〈변명〉(《문학사상》)에서 시도된다. 이 두 문예지도 《소설·알렉산드리아》를 본 연후여서 추천 제도라는 관례를 무시한 파격적인 대우를 한 것으로 볼 수 있다. 가령 〈마술사〉와 김동리의 〈흥남철수〉를 비교해 봤을 때 드러나는 글쓰기의 큰 낙차를 엿볼 수 있었다. 후자의 묘사체가 지닌 촘촘한 현장성이 전자에서는 어디서도 찾기 어려웠다. 이 사실은 누구보다 《현대문학》 쪽에서 민감히 반응한 사안이라 할 것이다. 〈변명〉의 경우에도, 겉으로 보기엔 지식인의 수난사를 연재물로 내세운 《문학사상》의 지적 허영심(대중성)에 잘 영합한 것이었고, 그 여세를 몰아, 60대 순문학 계간지 《문학과 지성》에서조차 큰 관심을 모았음도 사실이었지만, 여기에도 그것이 일회적 성격이었음이 드러난다. 〈변명〉이란 마르크 블로크의 《역사를 위한 변명》의 의상을 빌렸지만 기실 그것은 학병 출신인 '자기 자신의 변명'에 지나지 않았던 까닭이다. 순문학이 겨냥하는 예술성과는 너무나

동떨어진 것임을 《문학사상》이나 《문학과 지성》 쪽도 금방 알 아차리게 되었음은 물론이거니와 더욱 중요한 것은, 이병주 자신이 통렬히 깨쳤다는 사실이다.〔이와 관련된 세부 논의는 김윤식, 《역사를 위한 변명, 자기를 위한 변명》, 〈이병주문학세미나 자료집〉 2011을 참조할 것〕. 그 증거로 내세울 수 있는 것이 《관부연락선》이며 《쥘부채》이며 마침내 《지리산》이었다. 그것은 '노예의 사상'으로 수렴될 성격의 것이었다. 이 기막힌 학병 체험이란 무엇인가. 상해에서 일 헌병에 체포되어 재판받는 과정에서 탁인수의 말대로 '역사가 나를 보상해 줄 것'이 아니면 안 되었다. 이것은, 문단 문학으로는 절대로 감당할 수도 수용할 수도 없는 것이 아닐 수 없다. 그렇다면 이 '역사에의 변명'은, 오직 '나 이병주'만이 쓸 수 있는 고유의 영역이 아닐 수 없다. 이것이 나의 노예 사상의 극복 방식이 아닐 수 없다. 이점에서 볼 때 이병주의 저러한 글쓰기의 모두는 자기 해방의 유일한 방식이 아니면 안 되었다. 순문예 독자와는 일정한 거리에 놓은 대중 종합지의 독자들은 이러한 이병주의 글쓰기를 사랑하고 또 기렸던 것이다. 이 영역이 소중한 것은, 이 나라 순문학이 미처 처리되지 못하고 넘어온 일제 말기에서 해방 공간에 걸친 공백을 이병주 혼자의 힘으로 불완전하나마 채우고 있었음에서 왔다. 이 점을 이병주는 이렇게 말했는 바, 이는 거듭 음미될, 의미 있는 대목이 아닐 수 없다.

자학할 정도로 반성하고 자조할 정도로 자각해야 했고, 일제

에의 예속을 문학자 개인의 책임으로서 해부하고 분석해야
할 그러한 청산이 이루어진 끝에 새로운 문학이 시작되어야
했었다.

（《월간중앙》, 1968. 4)

《관부연락선》과《지리산》이 이에 대한 그의 응답이었다. 대
중 교양지의 독자는 이를 사랑하고 기렸다.

　이병주의 글쓰기의 저저한 집중력과 지속성의 원점이 그가
공부한 메이지 대학 문예과에 있었다는 사실만큼 중요한 것은
없다. 메이지 대학 시절부터 조선인 이병주는 글쓰기를 목표
로 삼았던 것. 그리고 이 경우 메이지 대학 문예과는 당대 최고
의 문예창작과였던 것이다(졸저,《이병주와 지리산》, 367~373
쪽). 수천 명의 조선인 학병 중 당초부터 글쓰기를 목표로 공부
한 사람은 이병주밖에 없었다는 사실이 집중력과 지속성의 원
천이었고 그것이 또 그의 재능의 샘물을 보장했던 것이다.

1921	3월 16일 경남 하동군 북천면에서 아버지 이세식과 어머니 김수조 사이에서 태어남.
1933	양보공립보통학교 13회 졸업.
1940	진주공립농업학교 27회 졸업.
1943	일본 메이지 대학 전문부 문예과 졸업.
1944	와세다 대학 불문과에 재학 중 학병으로 동원되어 중국 쑤저우蘇州에서 지냄.
1948	진주농과대학과 해인대학(현 경남대학)에서 영어, 불어, 철학을 강의.
1954	문단에 등단하기 전《부산일보》에 소설《내일 없는 그날》연재.
1955	《국제신보》에 입사, 편집국장 및 주필로 언론계에서 활동.
1961	5·16 때 필화사건으로 혁명재판소에서 10년 선고를 받고 복역 중 2년 7개월 후에 출감. 한국외국어대학, 이화여자대학 강사를 역임.
1965	중편 〈소설·알렉산드리아〉를 《세대》에 발표함으로써 문단에 등단.
1966	〈매화나무의 인과〉를 《신동아》에 발표.
1968	〈마술사〉를 《현대문학》에 발표. 《관부연락선》을 《월간중

앙》에 연재(1968. 4.~1970. 3.) 작품집 《마술사》(아폴로사)
간행.

1969 　〈쥘부채〉를 《세대》에, 〈배신의 강〉을 《부산일보》에 발표.

1970 　《망향》을 《새농민》에 연재, 장편 《여인의 백야》(문음사)
간행.

1971 　〈패자의 관〉(《정경연구》) 등 중단편을 발표하는 한편, 《화원
의 사상》을 《국제신보》, 《언제나 은하를》을 《주간여성》에
연재.

1972 　단편 〈변명〉을 《문학사상》에, 중편 〈예낭풍물지〉를 《세대》
에, 〈목격자〉를 《신동아》에 발표. 장편 《지리산》을 《세대》
에 연재. 장편 《관부연락선》(신구문화사) 간행. 영문판 〈예
낭풍물지〉, 장편 《망각의 화원》 간행.

1973 　수필집 《백지의 유혹》(강남출판사) 간행.

1974 　중편 〈겨울밤〉을 《문학사상》에, 〈낙엽〉을 《한국문학》에 발
표. 작품집 《예낭풍물지》 영문판(세대사) 간행.

1976 　중편 〈여사록〉을 《현대문학》에, 단편 〈철학적 살인〉과 중
편 〈망명의 늪〉을 《한국문학》에 발표, 창작집 《철학적 살
인》(한국문학), 《망명의 늪》(서음출판사) 간행.

1977 　중편 〈낙엽〉과 〈망명의 늪〉으로 한국문학작가상과 한국창
작문학상 수상, 창작집 《삐에로와 국화》(일신서적공사), 수
필집 《성—그 빛과 그늘》(서울물결사), 《바람과 구름과 비》
(동아일보사) 간행.

1978	중편 〈계절은 그때 끝났다〉, 단편 〈추풍사〉를 《한국문학》에 발표. 《바람과 구름과 비》를 《조선일보》에 연재, 창작집 《낙엽》(태창문화사) 간행, 장편 《망향》(경미문화사), 《허상과 장미》(범우사), 《조선일보》에 연재되었던 《미와 진실의 그림자》(대광출판사), 《바람과 구름과 비》(물결출판사) 간행. 수필집 《사랑받는 이브의 초상》(문학예술사), 《허상과 장미》(범우사), 칼럼 《1979년》(세운문화사) 간행.
1979	장편 《황백의 문》을 《신동아》에 연재, 장편 《여인의 백야》(문음사), 《배신의 강》(범우사), 《허망과 진실》(기린원) 간행, 수필집 《사랑을 위한 독백》(회현사), 《바람소리, 발소리, 목소리》(한진출판사) 간행.
1980	중편 〈세우지 않은 비명〉, 단편 〈8월의 사상〉을 《한국문학》에 발표. 작품집 《서울의 천국》(태창문화사), 소설 《코스모스 시첩》(어문각), 《행복어사전》(문학사상사) 간행.
1981	단편 〈피려다 만 꽃〉을 《소설문학》에, 중편 〈거년의 곡〉을 《월간조선》에, 중편 〈허망의 정열〉을 《한국문학》에 발표. 장편 《풍설》(문음사), 《서울 버마재비》(집현전), 《당신의 성좌》(주우) 간행.
1982	단편 〈빈영출〉을 《현대문학》에 발표. 《그해 5월》을 《신동아》에 연재. 작품집 《허망의 정열》(문예출판사), 장편 《무지개 연구》(두레출판사), 《미완의 극》(소설문학사), 《공산주의의 허상과 실상》(신기원사), 수필집 《나 모두 용서하리라》

(대덕인쇄사), 《용서합시다》(집현전), 소설 《역성의 풍·화산의 월》(신기원사), 《행복어사전》(문학사상사), 《현대를 살기 위한 사색》(정음사), 《강변 이야기》(국문) 간행.

1983   중편 〈그 테러리스트를 위한 만사〉를 《한국문학》에, 〈소설 이용구〉와 〈우아한 집념〉을 《문학사상》에, 〈박사상회〉를 《현대문학》에 발표, 작품집 《그 테러리스트를 위한 만사》(홍성사), 고백록 《자아와 세계의 만남》(기린원), 《황백의 문》(동아일보사) 간행.

1984   장편 《비창》을 문예출판사에서 간행, 한국 펜문학상 수상, 장편 《그해 5월》(기린원), 《황혼》(기린원), 《여로의 끝》(창작문예사) 간행. 《주간조선》에 연재되었던 역사기행 《길 따라 발 따라》(행림출판사), 번역집 《불모지대》(신원문화사) 간행.

1985   장편 《니르바나의 꽃》을 《문학사상》에 연재, 장편 《강물이 내 가슴을 쳐도》와 《꽃의 이름을 물었더니》, 《무지개 사냥》(심지출판사), 《샘》(청한), 수필집 《생각을 가다듬고》(정암), 《지리산》(기린원), 《지오콘다의 미소》(신기원사), 《청사에 얽힌 홍사》(원음사), 《악녀를 위하여》(창작예술사), 《산하》(동아일보사), 《무지개 사냥》(문지사) 간행.

1986   〈그들의 향연〉과 〈산무덤〉을 《한국문학》에, 〈어느 익일〉을 《동서문학》에 발표, 《사상의 빛과 그늘》(신기원사) 간행.

1987   장편 《소설 일본제국》(문학생활사), 《운명의 덫》(문예출판사), 《니르바나의 꽃》(행림출판사), 《남과 여 ——에로스 문화

사》(원음사), 《남로당》(청계), 《소설 장자》(문학사상사), 《박

사상회》(이조출판사), 《허와 실의 인간학》(중앙문화사) 간행.

1988   《유성의 부》(서당) 간행, 대하소설 《그해 5월》을 《신동아》

에, 역사소설 《허균》을 《사담》에, 《그를 버린 여인》을 《매

일경제신문》에, 문화적 자서전 《잃어버린 시간을 위한 메

모》를 《문학정신》에 연재, 《행복한 이브의 초상》(원음사),

《산을 생각한다》(서당), 《황금의 탑》(기린원) 간행.

1989   《민족과 문학》에 《별이 차가운 밤이면》 연재. 장편 《소설

허균》, 《포은 정몽주》, 《유성의 부》(서당), 장편 《내일 없는

그날》(문이당) 간행.

1990   장편 《그를 버린 여인》(서당) 간행, 《꽃이 된 여인의 그늘에

서》(서당), 《그대를 위한 종소리》(서당) 간행.

1991   인물 평전 《대통령들의 초상》(서당), 《달빛 서울》(민족과 문

학사) 간행, 《삼국지》(금호서관) 간행.

1992   《세우지 않은 비명》(서당) 간행. 4월 3일 오후 4시 지병으

로 타계. 향년 72세.

1993   《소설 정도전》(큰산), 《타인의 숲》(지성과 사상) 간행.

김윤식

서울대학교 국어국문학과와 동 대학원을 졸업했고 1962년 《현대문학》에 〈문학사방법론 서설〉이 추천되어 문단에 발을 들여놓았다. 한국 근대문학에서 근대성의 의미를 실증주의 연구 방법으로 밝히는 데 주력했으며 1920~1930년대의 근대문학과 프롤레타리아문학이 가지는 근대성의 의미를 밝히고자 했다. 1973년 김현과 함께 펴낸 《한국문학사》에서는 기존의 문학사와는 달리 근대문학의 기점을 영·정조 시대까지 소급해 상정함으로써 뜨거운 논쟁을 불러일으키기도 했다. 현대문학신인상, 한국문학작가상, 대한민국문학상, 김환태평론문학상, 팔봉비평문학상, 요산문학상 등을 수상했으며 저서로 《문학사방법론 서설》, 《한국문학사 논고》, 《한국 근대문예비평사 연구》, 《황홀경의 사상》, 《우리 소설을 위한 변명》, 《한국 현대문학비평사론》 등이 있다.

김종회

경희대학교 국어국문학과와 동 대학원을 졸업했고 1988년 《문학사상》을 통해 평단에 나왔다. 김환태평론문학상, 한국문학평론가협회상, 시와시학상, 경희문학상을 수상했으며 2008년에는 평론집 《문학과 예술혼》, 《디아스포라를 넘어서》로 유심작품상, 편운문학상, 김달진문학상을 수상했다. 특히 《디아스포라를 넘어서》는 남북한 문학 및 해외 동포 문학의 의미와 범주, 종교와 문학의 경계, 한국 근대문학의 경계 개념을 함께 분석한 평론집으로 평가받고 있다. 저서로 《한국소설의 낙원의식 연구》, 《위기의 시대와 문학》, 《문학과 전환기의 시대정신》, 《문학의 숲과 나무》, 《문화통합의 시대와 문학》 등이 있으며 엮은 책으로 《북한 문학의 이해》, 《한민족 문과권의 문학》, 《한국 현대문학 100년 대표 소설 100선 연구》, 《문학과 사회》 등이 있다.